夜のだれかの岸辺

木村紅美

Kumi Kimura

講談社

夜のだれかの岸辺

日々、地球のどこかで起きるいろいろな災いのために、飢えて傷つき追われる人たちのニュースに触れるたび、私は、いまよりずっと若かった過去のことを思い出す。十九の春、母に紹介された新しい仕事が始まりだった。毎晩、添い寝してほしい、ついでに朝ごはんもいっしょに食べてほしい、一回三千円あげる、というのが雇い主の提示した条件だった。

当時の私は大学にはゆかず浪人しているわけでもなく、漠然と、映画に係る仕事をしてみたい、と望んではいたものの、憧れる都心のミニシアターのバイトに応募しては履歴書で落とされていた。ひと月でおよそ九万円。家の食費も浮く。妥当な金額に思えた添い寝を、試してみることにした。

ソヨミさんの家は二世帯住宅で、彼女は夫を亡くしひとりで暮していて、上のフロアの主である息子夫婦は退職後に旅行ざんまいの日々を送っており、三十歳の孫の男が留守を預かっていた。祖母との仲は冷えきっているとは、この家に昼間、ヘルパーとして通う母から聞いた。

ひと月ほど経ったある晩、眠れないでいるとおもてに車が停まった。客は外付けの階段をのぼってゆき二階へ招かれた。真下にいる私に全ての音は筒抜けだった。

ふたりでテレビを見たあと、シャワーの水音が伝わった。天井越しに、息をのむほどはっきり、女の喘ぎ声が聴こえ始めた。うねっては消え入り、吠えるように叫び、思わせぶりな溜息をまじえる。マイクでも通しているような、エコーまで効いてあちらの住居じゅうに響きわたっていそうな大きさで、布団にもぐり耳を塞いだ。

どれくらい経っただろうか。ふいに、上の床の軋みと、わざとらしく癇《かん》に障る喘ぎ声はしずまった。もういちど、シャワーの音がした。喋り声の気配が伝わり、車の走ってくる震動が近づいた。女は笑って階段を降り舗道へ出て車に乗りこんだようだ。エンジン音が遠ざかった。闇のなかで横を見ると、ソヨミさんも起きていてこちらを向くのがわかった。

「茜《あかね》ちゃん……、眼、さめてるか？」

上等なチョコレートを思わせる艶《つや》を秘めたしゃがれ声で訊いてきて、私は、同時にいまの甲高く空気を切り裂く声を聴いていたのだとしたら気まずくて、寝たふりをしているほうがいいのだろうかと迷った。はい、と呟いた。ソヨミさんは、すみれの花がそよぐみたいに笑ったようだ。

「うるさくて、ごめんなさいね。今晩は、居間でやらかしたわね。清潔にしてると、よいのだけど」

「え？」

「あの子は、私のこと、耳が遠いものだとかんちがいしてるから。たまに、体を売る女の人、呼ぶことあるのよ。親と暮してると、無理だからね」

体を売る。ソヨミさんは八十九歳だ。あっけにとられた。

「彼女かと思ってましたが」

「それなら泊ってゆくでしょうよ。今夜、呼ばれたお嬢さんは……、みずから進んで仕事してるのなら、よいのだけれど、いったい、どんな事情があって、家計を支えるためにやってるのかしらね。借金でもしてるのかしらね。お洋服や、バッグ、宝石なんか欲しいのかしらね……。余計なお世話だけど」

ソヨミさんの声は、いま去っていった見知らぬ女の身のうえをなぜだか心底案じていそうにせつなげに揺らめいた。それから、おやすみなさい、あらためて呟いてこちらに背を向け丸まるのがわかり、闇に慣れてきた眼でシルエットを見守っているうちに寝息が漏れ始めた。

私は、体を売るというのは、どんなにお金に困ったとしても自分には不向きでこなせそうにない仕事のひとつだという気がして、喘ぎ声の主を憎めなく感じ仰向けになり眼を瞑《つむ》った。その手のサービスをおこなうお店の面接を受けたら、問答無用で落ちるのにちがいない。私は、他の女の子なら強姦されそうな状況に陥ったとして、おそらく殴られ蹴られ終わるか、無慈悲に殺されるだけなのではないだろうか。

小学校の運動会はつらかった。最悪なのはフォークダンスで、だれも、私とは手をつなぎたがらない。私のせいだ。もともと、他人と触れあうのが苦手なのか、求められてもいないのに皮膚を触れあわせるのが申し訳ないと意識しすぎるせいか、両方であるようで、手のひらがふるえて汗ばむ。

中学校でも友だちが出来なかった。あるとき、忘れ物を取りに戻った教室で、輪になり喋っている子たちがいた。他の級友のうわさをしていて私の話も出た。

「来月の野外活動、出席番号順で班分けしたから同じになったけどさ。みんな、休んでくれたらいいのに、って言ってる」

「ああ、臭う気がして。うつりそうだもんな」

仄かに好感を抱いていた隣りの席の男子も苦々しくつづけた。

「きのう、床に落ちた消しゴムを取ってくれようとして、いや、いいよ、って言って、よけた。危なかった」

「さわるの、きついわ。考えただけで吐く」

あの放課後、偶然から刷りこまれた罵り文句は当たっていた。高校の三年間、満員電車に揉まれていても痴漢にあったことはいちどもない。下半身をむき出し近づいてくる変質者とも遭遇したことはない。ふり返ったら、ソヨミさんは寝言を呟いている。

「フ、キ……、ク、キ。フ、キ」

寝返りを打った。喉から手を伸ばすように、フ、キ、ク、キ、くり返す。夫の名前は、源蔵《げんぞう》、だったと聞いた。

「て、……つないで。つなご」

呼びかけられた気がして、ふり返った。枕もとに伏せた携帯を取りあげると五時だ。液晶の放つ光がソヨミさんのうりざね顔を照らした。いつも栗色の墨で弓型に描いている眉毛は剃り落とされ、睫毛はまばらに生えているだけで頼りなく、皮膚は漂白した干柿を連想した。薄眼をあけられ、すみません、呟き携帯を伏せた。向うは、化粧をしていない顔を初めて間近で晒《さら》したことをとくに意識していないらしかった。

「つ、な、……ご」

再び、眼を瞑ったソヨミさんはこちらへ左手を伸ばした。ベッドのあいだにある隙間を越え、先端をきれいに整えてマニキュアを塗りそこだけ桜の花の咲いた印象を与える枯れ枝めいた指たちを微かにふるわせる。もっと伸ばしてきて髪の毛を探られそうになり、半身だけ起こし訊き返した。

「私と、ですか……」

「うん。茜ちゃん、あなた」

深呼吸し寝そべると、右手で彼女の左手を探って包んだ。他人との触れあいに、慣れたい、という気持もあって引き受けた仕事。初め、冷たくて背すじがふるえ、こちらの指さきまで冷えた。

相手はおばあさんだ。自然と触れあえるようになったさきに、好きになった男の体がある。孝行のつもりで、温めてあげようとさすっているうちに、血が力強く音を立て通い始めたように思った。こわばっていた手のひらは柔らかさを取り戻し、甲の感触は、こちらの指の腹を吸いつかせそうになめらかに変わり、やがて抜けだした。再び寝息を漏らし始める。私は冴えた意識のまま寝返りをくり返した。

七時になると天井の上からアラームが鳴り、孫が起きたのがわかった。半には階段を駆け降りてきた。外へ出ると花粉症なのかくしゃみを連発し、住宅街を足音がちいさくなる。向うの住居とは玄関からして別で、同じ屋根の下に出入りしていても鉢合わせたことはない。靴すら見たことがない。

窓からカーテンを透かし入ってきた光でもとのクリーム色をあらわした天井を見あげた。睡眠不足ではないかと思うけれど無断欠勤しなかったのが、真面目、と言っていいのやら、笑いがこみあげた。

翌日の昼、マンションのインターホンが鳴った。せっかちそうな女の早口が伝わった。

「椰木《なぎ》課長の部下だった、ヒロタ、と申しますが。課長は、いま、ご在宅でしょうか」

「いませんけど」

「留守?　あの、娘さん……、ひとり娘さんでらっしゃいますか?」

宴会で部下と喋らなければいけないとき、話題に詰まり、昨春、高校は卒業したもののぶらぶらしていてなんの生きる目的もないみたいで困っている、というような事情を垂れ流されていそうな気がした。けさ、ソヨミさん宅から戻ったら、父の革靴は玄関になく、母も仕事へ出たあとだった。モニターには焦げた小鳥の巣めいたパーマをかけた女の顔が霞んで映っていた。あ、はい、と返した。

「渡して頂きたいものがあるんです。下へ来てもらえませんか」

伸びすぎたショートカットの寝ぐせを直し、部屋着のトレーナーとコーデュロイのズボンのままエレベーターに乗った。一階に着くと外へ出るドアの向うにまっ赤なトレンチコートを着た女が立っている。化粧はしておらず、生え放題にみえる眉毛も眼の下の隈も平然と晒して、二十代にも四十代にもみえた。

私は小学生の頃から、髪型も服装もかまうのが億劫だった。気遣い始めたら、毎日、それだけで時間を削られ、どこまでかまえばよいのやら際限のなくなってゆきそうな怖さがあり、気遣うことで巻きこまれそうな女子同士の見栄の張りあいとも距離を置きたかった。同時に、人並みにかまうことのできない自分にうしろめたさを抱いていた。

父の元部下は、好んで裾の広がったジーンズを穿いて素顔でいる気がした。弾んだ口ぶりで尋ねてくる。

「グラスハープのファンなんでしょう。暮れに解散したけど。インディーズのロックバンドの」

「解散、したんですか。知りませんでした。そういえば、父から、社内にもファンがいるよ、って話は聞いてました」

「それ、私。お会いできて嬉しいな。私は、ソロになった真文《まふみ》くんの弾き語りライヴも追って聴きに行ってるの」

自分は、元ファンなんですけどね。そう返そうとして、口ごもった。お時間あれば、と誘われ、ひまだったから乗って、ファミレスへ入り抹茶とわらびもちのパフェを注文した。女はお汁粉とほうじ茶のセットを頼み、私をまえに、冬日なのに、若いねぇ、と呟き眼をほそめた。

テーブルに紙袋を置いた。ほうれん草に菜の花、土のついたままのじゃが芋や人参が詰めこまれている。

「うちの実家、農業やってて。有機栽培のものを送ってくれるの。お裾分けです」

「ありがとうございます。でも、どうして」

平日にここまで、と訊き返そうとすると身を乗りだし見つめてくる。

「課長は……、言いづらいんですが、いや、もうご存知ですかね、大変、気の毒なことに、会社の事務係たちに、疎外、されてまして。みんなストレスが溜まってるから、おじさんにしては、無害、というかおとなしいタイプの課長は、公認のサンドバッグ、八つ当たりの道具になってしまったというか」

「はぁ。父は、自分で自分を、万年課長、と冗談っぽく言うことはあります」

初めは本社勤めだったのに孫会社への出向を命じられ、そのまま居続けている。同期はだいたい本社で部長か子会社にいても役員になったと母から聞いた。

「私は八年間、部下でしたけど。たとえば、バレンタインのとき……、先輩に、ぜったいに課長には義理でもチョコはあげるな、と命じられて、あげたことがなくて。いまでは、そのことを悔やんでいます」

私は、時期になるとスーパーで売っているゴディバ風の安物を母と合同でいつも贈っている。気にしないでください、とも言えなくてだまっていた。女はほうじ茶を飲み干し、つづけた。

「私も、じつは、今月で会社辞めるんです」

「私……、も?」

「今日は有休消化していて、ここへ寄りました。てっきり、家にいるものだと。野菜は、その、すこしでもお役に立てたら、と思って」

「わけがわかりません。父は、いま、会社じゃ」

この時点で、向うはやっと、こちらが事情を摑めていないのを悟ったらしかった。壁時計を見あげ、鳴りもふるえもしない携帯に眼を落し早くも腰を浮かせ、すみません、とうわずる声でくり返した。

「あの方は、社に味方はひとりもいなくて、おつらかったと思います。私も、先輩と性が合わなくて。痛めつけられた挙句に辞めざるをえなくなりましたから、お父さんと同じ被害者。いえ、先輩の圧力に屈して、チョコをいちどもあげなかったという意味では、無期限のお休みへ追いやった側の人間です。ごめんなさい」

名刺に自分の携帯のアドレスを書いて寄越した。まとめて会計をすませ出て行った。

それからひと月近く、母と私に告白するまで、父は日中は会社へ行ったふりをしてじっさいはどんな行動を取っているのやら、問いただす勇気は起きなかった。月から金までは毎日、夜の七時頃にしれっとスーツに革靴姿で鞄を提げ帰ってきて、夕飯は黙って食べ終える。風呂に入り部屋にこもる。この頃、母は仕事の他、親族の見舞いに通うのでも忙しく、顔を合わせるとつねに憔悴《しょうすい》しており、弘田さんに聞いたことは話せなかった。

五月の連休中も休まずソヨミさんのもとへ通った。遊ぶ予定があるなら休んでもいい、と言われていた。添い寝だけでありつくことのできる三千円はお得で他に行きたい場所はなかった。

毎朝、向うは私より早く起き寝室の隅の鏡台のまえに座り、自慢の銀髪を梳かし器用に団子にまとめ、生き甲斐のひとつという化粧に取りかかる。肌ざわりのよいタートルネックに締めつけないズボンかスカート、ときには自分で小鳥や紋白蝶を刺繍したワンピースを重ね着する。

以前は、朝食は洋式にしていたそうだけれど、いまは和食派だ。土鍋でお粥を炊き、私は横のコンロで甘い炒り卵を作る。大根や人参、牛蒡《ごぼう》の味噌漬け、蕗《ふき》を煮たのなどを冷蔵庫から出して渋い骨董の器に絵になる色あいで盛りつけ、日当たりのよい居間のテーブルにならべる。向いあって、いただきます、と手を合わせる。

「けさは、食欲ないのね」

箸が進まないでいると覗きこみ訊いてきた。抑えられなくなって話した。

「父が、会社を長期休むことになったんです。いつからか、……出勤するために電車に乗ると途中で降りてしまって。社にはなんの連絡もしないで、一日、都内の、定期券で動き回れる範囲で時間をつぶす日がつづいてたそうなんです」

「おや、まあ」

「三月いっぱいで届けを出して、受理されて。正式に行かなくなってからも、家族のまえでは行くふりをして。他の場所で夕方まですごして帰ってたのを、昨夜、初めて打ち明けられました。私、父はこのまま会社を辞めるんじゃないかって気がしてて。私は、家計を支えるためにもっとちゃんと働かなきゃいけないのに、これは長続きしていずれ社員に昇格できるかも、と眼をつけたバイトは面接ではねられます。ここへ来ることしかできない」

お粥を口に含んでいたソヨミさんは、吹きだしそうになってくちびるを手でおおった。

「そりゃ、あなた、国や時代によっちゃ、身売りさせられてるわね」

「身売り？」

椅子に座りなおした。ソヨミさんは星が瞬きそうに深い瞳になり、呟いた。

「私が子どもの頃はよくあったわ。寒い天気がつづいてお米が実らず凶作や大凶作になると、東京から人買いが、夜汽車に乗って村まで来るの。可愛い女の子を探しにね」

「村って、……岩手県でしたっけ」

意味深げに眼を伏せ、こっくりと頷いた。

「私の、いちばん仲のよかった友だちも、貧しい家の子だったから、知らないあいだに売られてしまった。いまは、生きてるのか死んでるのか、生きてるのなら、どこにいるのかわからない。ふるさとに帰ってないのはたしかで、戦争を生きのびて年老いて東京のどこかに無事でいるのか、他の町にいるのか。だれに訊いても消息は摑めないのよ」

友だち、という女の子は、いくつくらいで売られたのだろう。まならに、山のなかの無人駅の光景が浮んだ。椿の花を思わせる赤い晴れ着を特別に着せられ赤い下駄を履いた子は、黒ずくめで人目を憚《はばか》り背中を丸めた人買いの男に連れられ、汽車に乗りこむ。正体不明の男と向いあって座る。

　窓の向うを紅葉した樹々が流れ去り、トンネルをぬけると、暗い灰色の空の下、収穫の秋になっても穂の垂れない田んぼが広がる。ひと晩かけて汽車の行き着くその線路のさきには、どんな運命が待ち受けていたのだろう。

「身売り、ということは、……遊郭？　女郎屋？　出世すると、花魁《おいらん》、になるやつですか」

「全員がそうなったとは限らないのよ。お金持ちの家の女中や、料亭や洋食屋のお運びかも。体を売るよりは、そちらのほうが酷ではなかったろうと思ってるのだけど」

「女中さんなら、お勤めした家の人がやさしければ、親切にしてもらえたかもしれませんよね」

　朝ごはんが終ると洗いものを片づける。ソヨミさんは玉露を淹れ、話をつづけた。

「私はね、盛岡で夫と住んでいた家を引き払って、こちらへ移って、二十何年か経つけれど。足が丈夫だった頃は、よく夫もいっしょに新宿や渋谷、銀座辺りまで出かけて、都会、というものを楽しんだの」

「街歩きを？」

「そう、あなたのように、幼い頃から東京が身近だった人には笑われるでしょうけど。田舎育ちの私には、向うにいた頃は、お祭りのときだって見たことのないおおぜいの人たちが、休日も平日も、だれもかれも忙しそうに歩いてるようすが、物珍しくて新鮮だった。でもね、……駅のなかや、電車の線路の下、公園を歩いてて、家のないらしい同い年くらいの女の人を見かけると、もしや、売られていったあの子かしら、と気が気でなくなって。あとを追って名前を尋ねたことが何度かある」

「道のうえで寝てる人や、青いシートで作ったテントに住んでる人ですか」

訊き返すと、ソヨミさんはくちびるを噤んで頷く。うちの最寄り駅から総武線に乗って東京へ出るとき、江戸川を渡る。電車が軋んで走る橋の下にもテントが村っぽくならんでいるのをいつも見る。

「私は地主の家に育って。初めの、親が決めて結婚した夫は、まだ子どもができないうちに南方へ出征してジャングルに斃《たお》れて、帰ってこなくてね」

八月になると、毎晩、NHKで特集されるような話だ。悲しすぎます、と呟いたら覆された。

「ううん、横暴でしょうもない男だったから、よかったの。次に結婚した源蔵さんは働き者で、ギャンブルも浮気もせず大事にして貰えて。子どもたちも、順調に自立した。自分はあまりにも、同じ村で育った他の娘たちとくらべ、恵まれすぎてるんじゃないか。自分の幸福は、つねにだれかを知らずに踏みつけたうえで出来あがってるんじゃないか……、引け目が、ずっと、刺さって生きてきたから。せめて、友だちをひとりでも苦境から救いだせたら、罪ほろぼしになるんじゃないかと思ってね」

「それなら、寄付とか」

「厭よ、ただ働くのが嫌いだったり、賭け事やお酒のせいで、ああいう身分に転げ落ちた怠け者には、一円たりともあげたくない。私が助けたいのは、あくまでも、家族のために売られた友だちだけ。でも、素性のわからない人にだって、しつこく頼まれて根負けしてあげたこともあるし、逆に、名前を訊くまえから怪しまれて追い払われたこともある。いまはもう、……滅多に、電車に乗ることはないし、たとえ近所でそんな人を見かけたって、あとをついてゆく気力も体力もないけど」

「私が、代りに捜しましょうか」

添い寝代とは別に手当てを貰えるかも、という欲が働き申し出た。笑われた。

「ありがとう、でもいいのよ。私たちは、いまはたまに、夢のなかで会ってるから」

「夢？」

「ふたりで、お洒落して銀座のレストランで、ビフテキのディナーや苺パフェを食べる夢をよく見るの。私はおばあさんだけど、向うは売られていった十四のときのままの姿で、でも、ふたりはお友だちなの。私はいまは歯も弱ってビフテキなんて嚙み切れないけど、夢のなかでなら、血の滴るのを食べられるのよ」

「若返るわけですね。素敵」

「あっちも、生きているのなら、……せめて、私と夢で会えているとよいのだけどね」

「名前はね、カタカナで、フ、キ。旧姓、田川、フキ」

身売りさせられていった友だちの名前を教えてもらうと、私はふとしたとき、ソヨミさんに半ば乗り移られたみたいに、フキちゃんかもしれないおばあさんの姿を探すようになった。見慣れた景色が変わっていった。

江戸川を渡るときは、かならず、橋の下につらなるテントからそれらしき人影があらわれはしないか気になって窓から見おろす。雨が何日かつづくと、家に帰ってからも、川が増水しあそこに住む人たちは流されやしないかと心配になる。

激しくなってゆく雨に打たれるテントのなかの暗やみで、ぼろを重ねた恰好で寝袋にくるまっている、会ったこともないフキちゃんのシルエットがまならうらに浮ぶ。フキちゃんがいま見ている夢のなかでは、自分はおばあさん、ソヨミさんは十四の姿で時間が止まっていて、ふたりで銀座の時計塔のまえを歩いている。

もう夏が近いから、メロンが贅沢に使われたパフェの山を柄のほそながい銀のスプーンで崩し、ふたりはほほえむ。雨音が強まり、シャンデリアの吊りさがったレストランの天井から水が漏れ始め、辺りがざわつく。次の瞬間、テントで眠るフキちゃんは濁流におそわれ寝袋ごと泥にまみれ押し流され、窒息する場面で眼ざめた。

汗ばみ、ソヨミさんを窺《うかが》った。相変わらず安らかに寝息を立てていた。六月に入ってから、そんな夢をしょっちゅう見た。

晴れあがった朝、江戸川の岸辺の住人のおじさんたちは上半身裸になり、ロープに衣類を干し、折り畳み式の椅子に座りカップ麺を啜りこんでいる。足もとを痩せた三毛猫が尻尾をくねらせうろつき、おなかを晒し寝そべり、なにか貰う。フキちゃんの話を聞かされるまでは、眼に映ったと同時に見えないふりをした光景だった。

いまは、あのおじさんたちひとりひとりにも、それぞれに捜している人がいて、どこかで寝言で名前を呟かれたりしているのかもしれない、そのことを彼らは知る由《よし》がない、という気がするようになった。電車は東京へ入ってゆく。これから一週間、新宿でチラシ入りのポケットティッシュを配るバイトが入っている。

「こちらの七階に電器店がオープンします。よろしくお願いします」

駅の南口を出てごった返す横断歩道を渡り、コンクリートのデッキへ出る。デパートを背に、十時から十八時まで、ふたりの女の子と声を張りあげた。ノルマはなく、一日立ちつづけ在庫がどれだけ残っても、六千円の日給は変わらなかった。

褪せた花柄のキャリーバッグを押し、背中に薄桃の毛布を括《くく》りつけた、胸もとの伸びきったTシャツにホックの壊れたスカートを穿いたおばあさんが腰を曲げ近づいてきた。何日も入浴していなさそうな汗の臭いが鼻を突く。ティッシュを摑めるだけ差し出した。

「オープン記念です。よろしく」

すっと持ち去ってくれた。周りの人はだれも、毛布を背負ったおばあさんの存在など見えていないように歩いてゆく。ついでに、あの、あなたは、旧姓金子ソヨミさんと岩手県でお友だちだった、田川フキさんではないですか、故郷は廃村になったそうですが、などと訊けるわけがなかった。携帯に弘田さんからメールが届いた。

〈茜ちゃん　課長の具合は、そのあと、どうでしょう。

私は八月からインドでヨガの講習を受けることになりました。そのまえ、来月末に京都の音楽と酒　ブルームーンでやる元グラスハープの真文くんの弾き語りへ行こうと思います。

真文くんの腹ちがいのお兄さんのやってるお店です。いまなら、新幹線の往復とホテル一泊セットで格安ですむのがあり、ご一緒しませんか〉

ブルームーン。たったいちど会っただけの私を誘ってくるなんて、よほど、他に同行してもらえそうな人がいないのか怪しくて、考えます、と返信を打った。

重たげに水分を含んだ雲の出てきた空へ向い、送信した。父の話から大ファンなんだろうと疑っていなくて、純粋に、喜ばそうとしているだけなのかもしれないとも思えてきて、文字通りに好意を受け止められない自分のひねくれかたに蹴りを入れたくなった。持ち場へ戻った。


最終日、ともにティッシュを配りつづけた子たちと夕飯を食べることになった。西口から駅の外へ出た。

雨が降り始めていて、頭上に繁った樹から雫が髪の毛に滴る。見あげると重なり揺れる葉がまだ濃い緑をした銀杏《いちょう》で、ビル群の窓の灯りが金色に浮びあがり、その向うから、布団や古ぼけたトランクを積んだリヤカーを引いた煤けた顔のおじいさんが歩いてくる。荷物のうえや陰には、檻に入ってるのと入ってないの、黒白まだらの猫たちが座ったり丸まったり、何匹乗っているのかひとめでは数えられなかった。

もうひとり、おばあさんがうしろにいて押してあげているのに気づいた。ティッシュをサービスした人と似ているようで別人かもしれなかった。片手を挙げ呼びかけた。

「あの、つかぬことをお訊きしますが」

旧姓、田川フキさんではありませんか、とつづけようとした瞬間、おじいさんが両眼を見ひらき立ちどまってなにやら文句を叫んだ。雨に唾液が散り、おばあさんはうしろに隠れ姿が見えなくなった。他の子たちは身を引いていて、状況に気づくと飛び出し、雨の降っていないほうへ私を引っぱった。怒鳴られたショックでされるがままになった。

「おっかないなあ、なんなの」

「猫がいるなあって思ってたら、あっちが、急に」

そのあと入ったとんかつ屋でも、さっきのおじいさんの三角になった眼と声が追いかけてくるようで気分は晴れなかった。お喋りも、内容が頭に入らなかった。


ふだんより遅れ零時すぎにソヨミさん宅に着き、合鍵で玄関へ入った。寝室へ向うと嗚咽が漏れてくる。

「フキちゃん……、フ、キ、ちゃっ」

叫んで聞こえ、ドアをあけた。淡い水色の百合柄をしたパジャマ姿のソヨミさんは半身を起こしベッドサイドの机に載った電気スタンドを灯したところで、血走った眼でくちびるを歪め電話機の子機を摑んだ。低く呟き番号を押してゆく。

「おかけになった……、現在、使われて」

音声案内が私にも聞こえ、間髪入れずかけなおした。結果は同じ。立ち尽くす私をふり返った。

「来てくれたのね。ありがとう。朝まで遊んでるかと思ってたけど」

「どうかしました」

「いまね、……夢で、フキちゃんのいまいる家の電話番号がわかったの。〇一九、で始まるから、岩手にいる」

認知症、とやらが始まった怖れがある。

スタンドのくすんだオレンジの光に照らされ、歩み寄った。ソヨミさんは両方のまぶたをこすり、涙の滲んできた瞳で私の顔を見据え、手に触れようとする。こちらから両手を結びあわせた。息を吐き、まばたきをくり返す。奥ゆかしく笑みを漏らした。

「いやあねぇ……、寝惚けてるわね。やけに、なまなましくって、ほんとうよりほんとうみたいだったから。夢で、あの人の居場所がわかるなんて。ありえないわよねぇ」

七月に入ると、フキ、フキちゃんッ、うなされることが格段に増えた。声が悲鳴に近くなり起きあがるのに気づいて私も眠気が飛び、横眼で窺うと、夜の明けつつある室内でまなざしを宙へさ迷わせている。枕に置いたタオルで眼もとを拭う。

再び、力がぬけ夏掛けにもぐりこむ。フキ、ちゃ、ん、とこんどはしおしおと呟き、寝入る。朝ごはんのときに打ち明けてくれた。

「まさか、三晩つづけて……、あの子はもう、どこにも生きていないどころか、売られていった翌年くらいには、お客からうつった、梅毒、に罹《かか》って」

性交がきっかけでなるものだというくらいの知識はあった。

「わかる？　世にも、おぞましい病気。いまも、なくなってはいないそうだから、気をつけなきゃ、孫も、孫の相手をする子も……。むかしはね、病状が進むごとに、お肌は腫れあがり髪は抜け落ちて。村にも、帰れなくて。しまいには、頭まで、おかしくなり。とても、ひとめでは、フキちゃん、とわからない、眼の腐るありさまになって死んでしまった。私、このさきも同じ夢を見つづけるのだとしたら、参ってしまう」

初めて、岩手県、田川フキ、とパソコンに打ち込んでみた。新緑の森や、硝子製みたいな魚の跳ねる小川、季節ごとの稲田のようす、蕗《ふき》の薹《とう》とその煮つけや天ぷらの写真が引っかかるばかりだった。大正六年、イコール一九一七年生まれ、と書き加えてみても変わらない。

「情報、なにも出てこなかったの。ごめんなさい」

「役所に問いあわせてもお手上げだったのだから、しょうがないわ」

向うが寝室へ引っこんだあとも、私はサスペンスドラマを流し見ていた。歯を磨き寝室へ入ると、ソヨミさんはまだ起きていて電気スタンドを点けっ放しにし、こちらへ背を向け丸まっている。手招きしてきた。

「茜ちゃん、お願い。今夜は、私のところへ入って寝てくれない？」

「シングルのベッド……。狭い、と思うけど」

「お金は、割増して払うから。そうしたら、あなたのところの家計もささやかながら楽になるだろうし、ううん、自分の好きなことをするための貯金に回してもいい。お願い」

痩せた半身を起こし、固く眼を瞑り祈るように手を合わせ頭まで下げられた。数秒考え、仕事のハードルがあがるのを受け入れるしかなくスリッパをぬいだ。持ちあげてくれた、夏掛けとタオルケットの重なった洞穴めいた暗がりへ息を止め身をすべりこませた。灯りの消える音が響き、辺りは闇に包まれる。

背中合せになった。向うはまた寝返りを打ち、なんのことわりもなく肩に触れる。パジャマ代りの薄くなったTシャツの布地越しに、指さきから冷えが伝わってふるえた。

「手、つなごう」

同時に仰向けになった。こんどは、腕の上部に向うの肩がぶつかり、ごめんなさい、と言いあって互いに身を竦め、端へ寄った。闇のなか、シーツを探り、向うの左手と私の右手を触れあわせる。やっぱり、窮屈ねえ、ぼやいて手をほどき横向きになった。迫力のある視線を感じ戸惑い、背を向けた。うしろから囁かれる。

「あなたの、おなかに、……、手、まわして、いい？」

泣きだしそうに掠れた声は蜘蛛《くも》の巣と化し、搦《から》めとられた。眼を瞑り、はなをすする音を聴き、相手は身長が私の顎くらいで、台風の日に外へ出たらたちまち骨が折れて逆さにひらいた傘を摑んだまま足を宙へ攫《さら》われ、舞いあがるのではないかと思えるほど非力そうなおばあさんだと考えなおした。いいですよ、と呟いた。

「ありがとう」

パジャマの袖が肘までめくれた、よぶんな肉の削げ落ちた片腕が腰のうしろから回ってきて、おなかに貼りつくように添えられる。向うのおなかのふくらみはお尻の辺りにくっついて、血の流れる臓器が動いているのを感じるぬくもりが伝わり、かかとにもう片方の手のひらが触れた。軽く撫でられ、びくんとしたら、ごめんなさい、と声がして止まり、おなかも少し離れてお尻からぬくもりが遠ざかった。

片腕はしっかり、すりぬけさせまいとおなかに巻きつけ、寝息が聞こえてくる。こちらは体を折り曲げたまま寝返りも打てない。まばたきだけくり返した。ソヨミさんはうなされなくなった。カーテンの向うが明るんでくる。

朝の片づけを終え退出してから添い寝代の封筒をひらくと、五千円札が入っていた。それから十日間、私たちはひとつのベッドで眠った。雇い主はそのあいだはたしかに、友だちが梅毒で死ぬ夢から解放されたようだった。割増は魅力で、私は苦しまぎれにひらきなおっていって、ぬくもりは減るものじゃないと夜ごと自分に言い聞かせた。

＊

京都へは、高二の秋、修学旅行で初めて行った。千葉へ帰る前夜、自由行動が許されていた。私がくじ引きで組み入れられていた班のリーダーはメンバーを見渡し切りだした。

「梛木さんは、ひとりでもいいんじゃない？」

他の子たちは互いに頷きあった。まえもって相談していたのだろう。うろたえることはなく怪訝そうに装い訊き返した。

「え、ひとりで？」

「別行動でいいんじゃない？」

「うん、じゃあ、好きにさせてもらう。でも、このことは先生には内緒だよね」

「当然。ばれたら、全員怒られるから、梛木さんはひとりでもぜったい事故とか巻き込まれないよう気をつけて、危ない場所は行かないでね」

「あとで、うちらの行動については教えるから。レポートには、みんなと行ったみたいに書いてね」

バスに乗り河原町通へ向う彼女たちと別れ、学校のだれにも見つからないよう旅館の裏へ回った。信号を渡ると商店街へ出て、すでにシャッターを下ろしている金物店に電器店、閉店セール中の靴店などのあいだに呑み屋やカラオケスナックがある。たまに扉越しに、京訛りの声がつややめかしく漏れ聞こえてくるのをのぞけば、家の近所と変わらない区域だった。

廃業した洋品店の地下に目指す店はあった。群青の地に銀色の三日月が長い睫毛のまぶたを閉じて恍惚としたようすでいる絵を描いた看板が入口に掲げられていた。

私は、洗い晒しの白いブラウスと母が買ってきてくれた柔らかな布地のジーンズ風ズボン、黒いカーディガンに赤いミニリュックサックを背負った姿で、下へつづく階段へ若草色の靴を履いた足を伸ばした。壁にはランプが点っていて、店へ近づくごとに、ククル、ククル、囁くように歌う甘い男の声と寄せては返すさざ波めいたギターが大きくなった。

「いらっしゃい、……ひとり?」

坊主頭、沈んだ瞳に黒縁眼鏡をかけた僧侶めいた風貌の男が、カウンターの内側でグラスを磨いていた。真治《しんじ》さんだ。黒いTシャツにブラックジーンズ姿だった。ドアから顔を覗かせた私と視線が合うと、手が止まる。

そこは、穴蔵みたいにうす暗く、カウンターには高さを調節できるピアノ用の椅子が四つならび、あとは、傷だらけの木のテーブルが三つあって不揃いの椅子が囲んでいた。音響用の機材が隅に寄せられ、ギターが立てかけられ、小さなドラムセットもあった。

奥の壁には白いスクリーンが吊るされ、予想したとおり、どこか野外でひらかれているプライベートっぽいコンサートのようすが映し出されていた。初老の男の歌手が、額にしわを刻み淡い灰の瞳を透きとおらせ鳩の声を真似ている。あちこち、真文くんのフェヴァリットでもあるニール・ヤングやボブ・ディラン、ヴァン・モリソンといったベテラン洋楽ミュージシャンたちのポスターが貼られていた。辺りに沁みついた煙草とお酒のにおいを吸いこみ、お辞儀した。

「未成年ですけど、よいでしょうか。一時間くらい」

「真文のファン？」

そっけなく訊かれ、はい、と答えようとして声が出ず頷いた。

「初めてだよね」

「修学旅行、千葉から来ました。自由行動中なんです。自分、のけものにされてて。グループの子たちと連れだって歩くの、避けられて、放り出されたんです。でも、私も向うとはつるみたくないから、いいけど」

ほぅ、と感心したらしく呟き眼を丸くする。調子に乗った。

「部活は映画愛好会に入ってますが、私以外の子はみんな、ハリウッドや日本の娯楽もの、アニメしか見ないんです。私は、タ、タ、タルコフスキー、って芸術系？　ロシアの巨匠のとか」

「おお、大好きだよ。全作品見てる。きみの齢なら『僕の村は戦場だった』とか？」

「いえ、『ストーカー』、全篇、理解を超えているのに、異常に好きで……。セピア色の、寂れた工場、みたいなところで、主人公の男たちが銃撃されて。トロッコ？……よくわからない車に身を寄せあって、外へ逃げますよね。そのときの車輪の、軋みの音が、いつか、夢のなかで聴いたことのあるような響きをしていて。惹きこまれたんです」

「わかるよ。ぼくはあそこは、インドの安宿に泊ったとき、夜明けまえに壁越しに聴いた貨物列車の走ってゆく音を思い出すんだけどね。ガンジス川沿いの町の」

「インド、ですか？　いつか行ってみたい国です。あの、男たちが、ついに、謎の廃屋へ入っていって。水溜りに、色褪せた写真やだれかの忘れものみたいなのが沈んでる場面も、自分の夢とつながるんです。ぞくぞくします。でも、こんな話はだれにも通じません」

　訴えながら、しだいに、なぜクラスにも愛好会にも友だちがいないという恥について初対面の真治さんに唐突に語っているのやら、我に返り情けなくなり声が崩れた。聞き入ってくれていた彼は、顔をくしゃくしゃにし笑いだした。ほそい眼は線みたいになり、そこだけが腹ちがいの弟と重なる肉厚のくちびるからは、煙草のやにで黄ばんだ歯がこぼれてみえた。

「なるほどね。きのうも先週も、あいつのファンといって、女子高生が単独で来たよ。きのうは札幌、先週は鹿児島の高校」

「え、案外、やって来るものですか」

「うん、きみひとりじゃないよ」

　私だけじゃない。そう突きつけられると、私は、修学旅行中のこの古都でこんな冒険をするのはもしや自分くらいじゃないかと舞いあがっていた気持があっけなく萎んだ。真治さんがカウンター席を指さす。

「よりによって『ストーカー』に嵌《はま》ってるとはね。きみ、面白いな。そりゃ、学校には馴染めないよね。座りなさいよ。うち、常連たちが来るのは九時以降だから。寛いでいって」

「ありがとうございます。京都弁じゃないんですね」

「移住者だから。これ、ノンアルのメニュー。お薦めは自家製ジンジャーエール、生姜多め」

炭酸は苦手だったのに注文し、スクリーンをふり返った。主人公の髭を生やしたラテン系の二枚目と恋人の女闘牛士が湧きあがる情感を滴らせ見つめあっていた。演奏の始まる場面へ巻き戻される。

「カエターノ・ヴェローゾ、ですよね。真文くんの好きなブラジルの歌手の」

「よく知ってるね」

「『トーク・トゥ・ハー』、ブログで推してたから見ました」

あれは、私にとって初めて、性愛というものについて思いを巡らせるきっかけとなった映画だった。もうひと組出てくる、もっさりとして内気な看護師と、彼がすべてを捧げ世話をする、植物状態になり眠りつづけるビスクドールめいた色白のバレリーナのエピソードに攪乱《かくらん》させられた。

意識のない病人に思いを募らせるあまり、孕《はら》ませる行為におよんでしまう彼をどうしても憎みきれない。強姦なのに。尽くしかたがせつなくて、自分が看護される側なら、眠りから醒めた暁にはこの人を許すのではないか、と体の底を疼かせ空想した。いや、肉まんっぽい頬を薔薇色に染めた看護師はけっきょく美女が好みなのだから、釣りあって思える私のことは身近にいてもふり向きさえしないだろう。

「アルモドバルの映画はこれがベストだと思うよ。きみ、やはりセンスあるね」

たいしたことありません、と謙遜し浮かれて跳びあがりかける。

「でも、平凡な趣味の子たちを、露骨に莫迦にしちゃ駄目だよ。それ、伝わってるから」

「……そうでしょうか」

「たまには、食わず嫌いを止めておつきあいで、ハリウッドのアクション超大作や絶叫ホラーも見てみるといいよ」

「だけど……、予告編からして、げんなりするし。下世話すぎて」

「わかるけどね、そんなのも敢《あ》えて見て、じっさい拒否反応が起きたら、原因を分析することで鑑賞眼は鍛えられるからさ」


七月が終りに近づくと、朝ごはんにそうめんを頂きながらソヨミさんに申し出た。

「来週、京都へ行きたいんです。ひと晩だけ、お休みを貰っていいでしょうか」

「あら、京旅行、もっと居たら」

「いえ、一泊で。好きな歌手のライヴを見るんですが、他に見たいものはないので」

「お寺さんとか、いくらでもあるじゃないの」

「大人の女友だちに誘われて。旅費は向うが奢ってくれるから、いいんです」

弘田さんは、ひとりより格安ツアーふたりぶんのほうがお得だから、退職金から自分が出してあげる、とまで言い出し、つきあわざるをえなくなった。

「じゃあ、そうしてくれたほうがありがたいわ。じつは、……」

胡瓜《きゅうり》の漬物を運んだ口もとを窄《すぼ》めた表情が曇る。私の脳裏には、またソヨミさんがフキちゃんの苦しむわるい夢を見るようになって夜な夜なうなされ始めるといいのに、という願望がよぎり、勢いよくそうめんをすすった。

ひと晩じゅう、おなかに回される腕の、ひんやりとしていながらまだらになまあたたかい感触には生気を吸いとられ、同じベッドで身を寄せあった十日間は不眠気味だった。隣りのベッドに戻って寝るようになり、再び十日も経つと、あの時期に上乗せしてもらえていたバイト代が恋しくなってきた自分のさもしさに自分でおどろく。

なにせ、ただ横たわっていればよいだけなのだから、いままでにしてきた、遅刻しては叱られたりクレーム処理したり汗水を垂らしてきたどのバイトより得。

「ひと晩だけなら、是非、羽をのばしてらっしゃい」

翌週、約束の日が来て、まだ暗いうちに家を出るとき、ソヨミさんはこちらへ背を向け咳こんでいた。さすろうとすると手を振ってよける。

「玄関に、おみやげ代も、入れておいたよ」

「添い寝、よかったら、母に頼んでください。聞き入れると思うので」

靴箱に、茜さまへ、と藍色の万年筆で流麗に書いた封筒が鉄の兎の文鎮で押さえて置いてある。新札の一万円が入っていた。父は退職した。さいわい、マンションのローンは終って、いまは、貯蓄と母の稼ぎから家族の食費や光熱費の支払いをすませられている。このさき、もっともっと困ったときのためにありがたい。

東京駅で弘田さんと落ちあい、東海道新幹線に乗ると、父の話になった。退職は、会社に勧告されたのがきっかけだった。しがみつこうと抗い、訴える方法もあるだろう。父にはその気力はなくただ言いなりと化し、いまは連日、部屋にこもり趣味の天文学の本を読んだりしている。

朝夕の食事のときは居間へ出てくるものの、魂のぬけきった眼をしょぼつかせうつむき箸を動かすばかりで、私も母も、このさきどうするかなど切りだせない。再び部屋かトイレへ向う猫背を見送るだけだ。深刻そうに頷き聞いてくれる。

「そうですか。課長……、え、いま、五十だっけ」

「来月、五十一になります」

「実直に勤めたキャリアがあるから、見合う仕事が見つかりますよ」

無理があった。正社員どころか、待遇の下がる契約や派遣といった仕事であってもことわられるのではないか。窓を見やると、富士山がうしろへ流れた。

「茜ちゃんは、進学したい気持はあるの」

「行くなら文系ですけど。とくに学びたい分野を思いつかなくて。それなら高いお金を払って行くことないのではって揺れちゃって、受験勉強に本腰を入れられないです」

「ふーん。私は、大学は私立の仏文科でね。ボリス・ヴィアン、って作家を研究したの。岡崎京子の漫画にもなってる」

ブルームーンのカウンターの隅にあったのを読んだ。へぇ、とだけ相槌を打った。

「入学時は、フランス語が堪能になって翻訳家になるのが夢だったけど。男名詞、女名詞っていう考えかたから躓《つまず》いてね。卒業後は商社に入ったら、私以外の女子社員は全員、高校か短大卒。親が出してくれた学費は、どぶに捨てたみたいと思っちゃった。伝票を切るのに必要で、会社が参考書や問題集を買って受験代も出してくれて、簿記の資格を取らされて。それも、私の場合は、働きながらだと、簡単な三級を取るのが精一杯だった」

「三級でも、このさき、喰いっぱぐれはないんじゃ」

「ううん、せめて二級じゃないと。いまになって、よっぽど、専門学校へ行けばよかったのかな、って思うときがあるよ。ややこしいヴィアンの原文に当って砕けるより、会計士や税理士を目指すほうが安定していたよ。茜ちゃんが、揺れる、というのは、真剣に考えてるからだろうね」

もっとも、会社ではだれとも深くは親しくなれなかったけれど、学生時代の友だちは趣味の合う人が多くいまもつきあっている、と聞いた。

「親には、実家から通える国公立、って言われてて、それは高難度のところばかりで……。私立なら、奨学金を貰わないと。卒業してからも、利子つきのを何十年も返しつづけなきゃいけなくなるのが抵抗あります」

うんうん、と頷き、地に足が着いてるね、などとこちらからしたらピントのずれた褒めかたをする。迷える若い子を励ましたい、という願望を抱いていそうで、しかも私のためというより自分のためであるらしくみえる。うつらうつらとしているうちに名古屋をすぎ、弘田さんから、寄りたい喫茶店やにしん蕎麦の店の話を聞いている途中で到着した。ホームの混雑ぶりは東京と変わらない。

駅まえにぬっと空高く突き出た京都タワーの、ぎらつく陽の光を照り返す白が眼に沁みると、どうしてここまで来たのやらいまさら困惑しうずくまりたくなった。弘田さんには、この街へ来るのは高二の修学旅行以来、と嘘をついた。ほんとうは一年ぶりだった。

私には、両親に、友だちの家に泊ってくる、と偽っては、東京駅から夜行バスで京都へ行き早朝から深夜まですごし、再びバスで帰るのをくり返していた時期があった。往復五千円くらいのに乗っていた。体力があった。

「まずは荷物を置きにゆこうね。タクシーに乗ろう」

弘田さんが運転手にホテル名を告げると、車はタワーを背に走りだし鴨川沿いへ出た。ガイドブックの地図をめくり、あれ、目的と逆、と呟く。予約をするさいに精確に住所をたしかめなくて不便な宿になったのをあやまられた。

青鈍をして流れる川の土手には、暑さのせいか、平日の午前だからか、修学旅行中のバスから目撃し吹きだした、一定の距離を置き肩を寄せ座っているカップルは少ない。この街へ通っていた頃、することといえばブルームーンの空間と雑居ビルの二階にある店の控室兼真治さんの仮眠室を行き来し入り浸っていただけで、他にはどこへも行っていない。同じような子は何人かいて、我妻さんとは唯一仲良くなり都内でも会ったことがあったけれど音信が絶えた。

フロントに荷物を預けたあとガイドブックを見せてもらった。朝ごはんを食べましょう、と誘われた進々堂がフランス風カフェをひらいたのは、昭和五年。イコール一九三〇年、ということは、ソヨミさんが十三の頃だ。指を折り計算した。同い年のフキちゃんが親に売られふるさとを離れたのは、その翌年。岩手の田舎では凶作と飢饉、若い娘の身売りがつづいていた時代に、京都ではいまも人気の喫茶店が作られていて珈琲《コーヒー》やフランスパンを味わう人たちがいた。

昼から黄昏時を思わせる淡いオレンジの丸い灯りの点った店内には、重厚な一枚板で作られたテーブルが渡され、私たちは窓ぎわに座った。焼きたてのパンの匂いの漂う空気は凛と張り詰めていた。

お手洗いへゆこうとして、涼しい中庭を見つけた。切り取られた濃い水色の空を見あげた。飛行機雲が伸びてゆく。京都大学は、ブルームーンに毎日通いたいがために、目指そうかな、と夢見たことがあった。進学校でもない母校から歴代で受かった生徒はひとりもおらず不可能に決まっていた。

「タイムリミット来ました、旅館に帰らなくちゃ」

再び、真治さんと初めて会ったときのやりとりがよみがえる。

「こっちにはあまり来られないだろうけど、ぼくの携帯の番号とアドレスはね」

店のカードの裏に書きつけてくれた。いま、注目すべき映画監督は韓国に集中してるんだよと、イ・チャンドン、ポン・ジュノといった名前を教えてくれて、中国なら、ジャ・ジャンクー、ロウ・イエ、とつけ加え、むかしのフランスのゴダールやロメール、イタリアのフェリーニについてもお薦めを教わった。自由行動時間は終りに近づいた。

「きみは、すぐれたアンテナを持っていそうだから、もっと磨いてゆく手伝いをぼくがしましょう」

「ありがとうございます。真文くんにもよろしく言ってください」

うしろをふり返りお辞儀し、看板と同じ三日月の絵のドアから外へ出た。点呼に遅れないよう、商店街へつながる階段を駆けあがる私は、自分がここで真治さんとふたりきりでお話しするあいだ、集団で横へ広がり地元民に迷惑をかけ買い食いに精を出していたのだろう他の同級生たちのだれより成長した気がした。


「すみません、熱中症かも。いったん、ホテルへ戻ってライヴまでには復活します」

宝石箱を思わせるゼリーポンチが名物の喫茶店で弘田さんに申し出た。炎天下を歩いていられなくなったのはほんとうで、シャワーを浴びる気力もなく備えつけの浴衣に着替え、部屋を真暗くしベッドにもぐりこんだ。ひんやりする蒼白いシーツと布団に挟まれ寝返りをしているうちに裾がはだけ、汗の乾いた腿の内側を撫でていたら、高三の夏休みに届いた真治さんのメールが点滅する。

〈週末、きみに紹介したい女の子が泊りがけで来るんだけど、来られないよね。夏期講習

とか受けてるよね〉

　誘われた土曜日、私は模擬試験を終えると帰宅しシャワーを浴び、準備を整えた。母は義父母の介護のために不在で、これから友だちの家で勉強合宿をするから戻りはあさっての午前中になる、と置き手紙をのこし、夜行バスに乗った。眼ざめたら曇天の京都駅だった。

　シャッターの下りた商店街へたどり着き、ブルームーンへ通じる階段を降りてゆくと、真治さんがよれよれの姿で酒くさい息を吐き、澱んだ赤い眼をしばたたかせドアから現れた。修学旅行の夜以来、私は毎秒、ここへ来ることだけ考えていた。

「わぉ、茜ちゃん、ほんとに来たんだね」

　メールに念入りに、東京発何時着のバスで行きます、と書き送っていた。真に受けていなかったのが透けてみえる口ぶりで迎えられ見つめられ、頬が燃えあがり熱くなった。うつむき、頭から足もとまで本物かたしかめていそうな視線に耐えているうち、昨秋から勉強が手につかなくなり偏差値は落ちるいっぽうになった状況まで見抜かれる気がして、穴があったら潜りたくなった。

「はい、来ました。受験生でも、たまには息抜きしたいし」

「そうだよね。東京の私立文系を目指してるんだっけ。こっちの、同志社や立命館は」

「仕送りが嵩《かさ》みます」

顔をあげたら、挑戦してみたらいいのに、と苦笑された。来ないほうがよかっただろうか。当然だ。非常識すぎる。向うは、注意することはなかった。レゲエの流れる店内へ戻り鍵を持ってきた。

「これから、ぼくは昼まで住まいへ帰るから。二階で好きにしてて」

ふたつひと組みになった鍵を貰うと、指のしなやかにながい手で促され、地上へ出る階段をのぼった。うしろからついてくる。一階の洋品店はヨーロッパのヴィンテージを扱う古着屋に変わったと聞いた。脇に急な階段がつづいていて、うえのほうを指さされた。

「むかしは、洋品店をやってた家族が住んでたスペースを改装して、いまは、うちと古着屋の二店で借りてるんだ。初めのドアは、こっちの、共、ってシールのついた鍵であけて。靴をぬいだら、ビニール袋に入れて。あがったらすぐ、共用の炊事場があるから、そこは通り抜けて、奥の左側の六畳間がうちの控室。月、の鍵であけて」

「月。わかりました」

「トイレは部屋の隣りにあるよ。古着屋と共用。会ったら、真ちゃんの親戚で観光に来てます、って言えばいい。眠かったら、ベッドがあるから休んで。エアコンも使ってね」

頷き、ひとりで階段をのぼった。初めのドアまで来てふり返った。路上にあの人はいなかった。玄関へ入ると苺シロップっぽいお香のにおいに包まれ、月へ踏み入った。

そこは褪せた緑の畳をしていて、判読できない分類名を書き殴った段ボール箱が積まれ、ビデオデッキと一体になったテレビがあった。簡易ベッドは清潔だった。

エアコンをゆるくつけ、リュックに詰めてきたTシャツとショートパンツに着替え、タオルケットにもぐった。

「おはよう。千葉から来た茜ちゃん、だよね?」

その日の正午に初めて会ったのが、ひとつ年上の我妻《わがつま》さんだった。髪は猿のぬいぐるみ並に短く、両耳にピアスをびっしり嵌め、赤やオレンジや黄のひなげしの花の咲き乱れた踝《くるぶし》まで届くスリップワンピースが似合っていた。睫毛は丹念に巻きあげアイラインを引き、くちびるは、さくらんぼめいてみえるようグロスを塗り、薄茶色いビー玉っぽい瞳をしていた。

私は自分では、従姉から送られてくるお古や、母が近所のダイエーのセールで適当に買ってくる洋服を着ているだけで満足しており、化粧は、肌を傷めるのも厭でいっさいしてみたいと思えないのに、ひとめで、彼女は私の理想の少女だ、と感じた。過度に女を強調するゆえに、可憐さより怖さの醸《かも》し出される化粧も、肩から胸もとにかけてあらわにした服も、似合わなそうで試してみるまえからあきらめているものの、心の底では、私はこんなふうになりたいとずっと望んでいたのに初めて気づいた。

おなかがすいていた。我妻さんは、辛子のきいた卵やハムのサンドイッチを買ってきてくれて、冷蔵庫に入っていた林檎ジュースを飲み、互いの話をした。青森県から出てきて、当時、都内に下宿し美術大学へ通っていた彼女は、真文くんのバンドには興味がなかった。この春に好きな写真家の個展がここでひらかれたときに見に来て真治さんと仲良くなり、通うようになった、とのことだった。吉祥寺のカフェでバイトをしていて、休みが取れると京都へ向う。自由の香りを感じた。

三時すぎには、酔いの醒めた真治さんもあらわれた。みんなで、スペインの涼しそうな田舎町で、ひとりの女の子が成長する映画を見た。夜が明ける深い青に浸された部屋に、犬の吠え声とだれかの切羽詰まった足音が響き、始まった。私は途中で眠くなって、痩せた父親が水源を調べて村の外れの丘のうえで振り子を振り、井戸を掘るよう村人に教える姿が魔法使いに思えたり、彼が見にゆく白黒映画のなかで、馬っぽい顔に厚化粧をほどこした女優が無惨に撃ち殺される場面をこまぎれで憶えている。

「うちのお兄ちゃん、これをビデオでいっしょに見た翌朝に、首を吊って死んだ」

我妻さんは、クレジットの流れるテレビに向って感情のない眼で呟いた。発見者だったのかもしれない。そんな体験を秘めていることにも惹かれた。

ブルームーンが開店すると、地下へ降り、ナポリタンを作ってもらい食べた。真治さんは私を、常連客たちに、はとこの娘、とだけ紹介した。みんな、受け流してくれた。我妻さんは、コラージュの得意なアーティスト志望、ということで通っていた。

未成年なのに桜色や薄緑のカクテルを飲み干し、顔は白いまま、呂律《ろれつ》が狂うこともなかった。青森には戻りたくないという愚痴や、奇形の人たちを尊敬をこめ被写体にしたりパリの下町に暮す人々を好んで撮ったという、敬愛する外国の写真家たちについて、ときにミルクをたらふく飲んだ猫みたいに眼をほそめ笑って語った。帰りのバスに乗るため席を立つまで、私はジンジャーエールを咳込みそうになりながらのみ、自分の新しい扉をあけてくれる芸術の話を聞いた。

別れぎわ、真治さんは気さくにほほえみかけてきた。

「もう、きみは、来年までは受験勉強だけに専念するんだよ。無事に進路を決めて、なんの気の咎《とが》めもなくこっちへ遊びに来られるようになろうよ」

我妻さんは地下鉄の駅まで送ってくれた。引っかかっていたことを訊いた。

「お客さん、私たちを入れて五人しか来なかったね。土曜の夜なのに」

「ああ、あそこは、いちばん盛りあがるの、真夜中だから。真治さんは、日によっては朝までお客の相手をして、自分も呑んで、過労気味。肝臓の数値もわるかったりして」

無頼派、というのだろう。切符を買うまで付き添ってくれる。

「我妻さんは、これから三泊、月？」

「うん、ホテルは高いからね、あそこは無料だから。たまに、ベッドで休んでるときにあいつがのぼってきて、おそうぞ、って言って入ってこようとするけどね」

え、と声が裏返りかけ、羨望が膨らんだ。我に返り眼のまえの我妻さんに妄想を悟られそうな気がして、振り払った。

「それは……、問題、ないの？　いま、あっち、四十二」

「冗談に決まってるでしょう。向うは、結婚してて幼稚園の子がいるんだからさ」

指輪をしていないから、独り身と思い込んでいた。

連絡さきを交換し、改札へ向った。闇を走るバスに揺られているあいだ、おそうぞ、と囁くときの真治さんの声色のあらゆるパターンを思い浮べた。現実では、キャンプファイヤーを囲み互いになんとも感じていないはずの男子と手をつなぐのも鳥肌が立つのに、空想はスムーズに、それまでに見ていた映画や読んだ小説に出てきたイメージを借り発展していった。

その手は私の、ぱさつきのなおらない髪を撫で、頰から首すじをなぞり、顎に触れて持ちあげ、煙草のにおいのくちびるが迫ってくる。それだけで、脳のとろけそうにしびれてくる快感に包まれた。

〈九月も京都へ行くよ〉〈今月も、明日から行ってくるね。真文くんのソロライヴを初めてやるそうだから、茜ちゃんの代りに見てくる〉〈来週も行くことになった。

夏休みが終ると、我妻さんからは頻繁に、向うへ泊る予告と帰ったら報告が届くようになった。私はこんどは、倍も齢の離れたふたりのあいだにはいつなにが起きてもおかしくはないと怪しみ、気が気でなくなった。家でも学校でも、我妻さんと自分が交互に真治さんといやらしいことをする妄想を行き来しては叫びだしそうに悶え、勉強に身が入らなくなっていった。


弘田さんは日付が変わってからホテルへ帰ってきた。灯りが点り視線が合った。

「あ、起きてたの。具合は」

「薬をのんで、寝てたらましになりました。ライヴは」

「それが、真文くん、夏風邪にやられたとかで、喉、嗄れきってて。アンコールなしで帰っちゃって、挨拶すらできなくて。新幹線で聴きに来る意味、なかった」

「プロ失格ですね」

「あと、店主にも会ってみたかったのに、先月いなくなったって」

「え、真治さん、ですか」

半身を起こし訊き返した。名前が口を突いて出た反動で心臓が鋭く痛んだ。

「うん。お店へよく来てた若い女の客とつきあってて、いまは、彼女の出身地の五島列島のどこかにいるみたい。今夜は、元バイトの男子がカウンターに立ってた」

「五島……、長崎県、ですよね。キリシタンの作った教会で有名な」

それなら、我妻さんではない。よりが戻るわけはない。へぇ、とあきれたふうを装い呟いた。若いとは、いくつだろう。向うは溜息まじりでつづける。

「ライヴ後に来た常連さんたちと話してたら、そのー……、彼は、店に来る、弟のファンの子に手をつける癖があったってね。でも、みんな、近づきたくって背伸びして来るんだろうから、なにかあったとしても、お互いさまなのかな、って思うけど。奥さんは娘を連れて実家に帰ってるらしいよ」


我妻さんと二回めに会ったのは、高校を卒業するまえ、志望大学の最後の入試が終った雪の午後だった。約束通り、最寄り駅の改札を出たところにいた。私は制服に紺のダッフルコートを着込み、ゴム長靴、向うは白い毛の駝鳥めいてぶわぶわしたコートに極彩色のタイツとウエスタンブーツを合わせ、髪は淡い金に染め薄青いコンタクトレンズを嵌め、グロスは血豆色の口紅に変わっていた。喫茶店へ入るとモカを啜り呟いた。

「あの人……、寝てるとき、入ってきたよ。紅葉の頃だったかなぁ」

「真治さん？」

ウインナ珈琲の泡とともに動揺をのみこみ訊いた。向うは煙草を燻《くゆ》らしあくびした。

「うん。おそう、ってまさか、冗談でしょ、って訊いたら、笑って、いやぁ本気だよ、って返してきた。正気？　って思った」

「で、そのあとは」

「さすがに、あそこにはお世話になるの、止めた。真治さんは好きだけど」

「はぁ。好き、っていうと、どんな意味で」

瞬間、生まれたての三日月を思わせるほそく描いた眉を舌打ちでもしそうに顰《ひそ》められ、肩が竦んだ。しくじった。うつむいたら、真治さんにメールで薦められて見た韓国映画の、雪融けのあとのような水音を立てて流れる川の岩場で、お坊さんが、山寺を訪ねてきた若い女と抱きあっている場面が脳裏に浮んだ。

全裸の男のなま白い尻が、組み敷いた痩せた女のうえで上下に激しく動き、眼を瞑りくちびるをだらりとあけた女は、解剖されるのを待つ蛙みたいに両脚をひろげ、折り曲げた膝をこまかくびくつかせ、両腕は、男の背中に巻きつけている。ふたりの姿は、真治さんと我妻さんにすり替わった。

女は、血流が集まり勃起した性器を挿しこまれ、体の奥深くへ突きあげられるため、あんな姿態と表情になっているのだ。自分に、ああなれるか問うと、ひたすらぽかんとする。思い返すたびに火照ってくるけれど、じっさいに、野外ではなく室内でいい、同じ状況に置かれるとして、自分が自分でなくなる怖さが先立ち、べつに羨ましくもないかもしれない。

耳から水音が消え、顔をあげた。我妻さんは、こちらのいたらなさを許すらしくおおらかに笑みを浮べている。

「それは、趣味の合う年上の友だちとしてね。先月、行ったときは、夜中に隣りあったお客さんと意気投合したから、彼のマンションに泊めてもらった。次の日は、雪の京都を観光したよ。初めて三十三間堂へ行った。私、修学旅行は東京だったから」

「学生さん?」

「デパート勤めの二十七歳。でも、なにもないけどね。来月は、奈良まで足を延ばして、東大寺でやる、お水取り、っていうの見ようよって誘われてるけど」

なにもない、と口にされるごとに、かえって、紳士服売り場にいるという彼と朝までおとなしく眠りあっていた訳はないとしか思えず、分泌物にまみれている気がする。

「それなら、つきあう……感じ？」

「さあ、もしかしたら。茜ちゃんは、大学に受かって、あっちへ遊びに行くときは、真治さんに泊るところまでお世話になるのは止めたほうがいいよ。ちゃんと、宿を予約して行ってね」


いままで、さんざん泊りでブルームーンですごしてきた人にありきたりの道徳をなぞる忠告をされても、まもなく大学は全て落ちたのがわかりやけ気味に遊んでみたくなった私に効くわけがなかった。三月のうちに京都行きのバスに乗った。

そのときすら、切符の最も安い火曜の夜に出発し水曜の夜には向うを離れる予定にしかできなかったのだから、私にはどうにも、我妻さんほどの奔放さが欠けていた。ああなりたいと憧れながら、なりたくもないなと僻《ひが》んで笑い、扶養されているうちは親に心配をかけすぎてはいけないという自制が働き、足もとを縛る鎖を完全に振り解けない。おかげで助かった、といえるのかもしれない。

昼すぎに月のベッドで寝返りをくり返していると、だれかが階段をのぼってくる。頭の斜め向うのドアのノブに鍵が差し込まれ、しずかにあく。息遣いで、彼だとわかり、私は、みずからの鼓動に耳を澄ませうつ伏せながら、なぜ、今日はよりによってケチャップの染みのある黄いろいトレーナーに体育の授業用だったジャージのズボンを穿いているんだろうと悔やんで全身が縮まった。

我妻さんなら、この同じベッドで、下で売っているレースやリボンで飾られたイギリス辺りの令嬢のために作られたネグリジェを纏《まと》っていたのではないか。

「ぼくも、ここで、休んでいい？　なにもしないから」

来た。いいですよ、と余裕を湛え答える練習を脳内でくり返していたというのにいざとなると、は、い、とぶざまに嗄れた声を絞りだすのがやっとだった。

「いい？　ありがとう」

毛布がめくれて肩さきに指が触れ、電流が走ったようで即座に身をよじった。指は皮膚をへこませるまえに遠のき、笑いをこらえる気配が伝わった。

「いや、今日は、よそう。忘れてね」

ぬめった手ざわりの毛布は、再び、私の硬く丸まった体をおおった。真治さんは後じさってドアが開閉し、鍵がかかった。蛇使いの笛を思わせるメロディーを口笛で吹きビルの階段を降りる音が響き、地下へ戻るのがわかった。

眼をあけたら陽はまだ高かった。つまさきの向うの窓にかかったカーテン越しに、廃品回収のアナウンスが聞こえた。私は、この身になにかあればただちに真治さんの腕からすりぬけ窓をあけ、通りかかった人に助けを叫べばよく、あるいは、なにをされるがままになってもよかった。

栗粒ほどのぬくもりさえ残らなかった肩を撫で、子ども扱いが悔しかった。

眠ったふりをしつづけているうちに寝入り、開店時刻になると地下へ降り、海老ピラフを作ってもらった。尾道から来た同い年の子を引きあわされた。来週から栄養士の学校へ行くのだと話していた。私どころではない真文ファンで、以前にここで弾き語りを見たとき、許可されて灰皿から煙草の吸殻を集めて持ち帰り宝物にしている、と聞いた。真治さんがいなくなった隙に相談された。

「あの、私、店主に、今夜、お店の控室に泊っていったら、って言われてて。でも、好意に甘えるのは……、ほんとに、なにもないかな？　ホテルは予約が取れなくて、二十四時間営業の銭湯の場所も調べてあるけど。どう思う」

引き起こされるかもしれないなにかとはどんな想像を巡らせているのやら、到底、彼をそそるとは想像のつかないあんぱんめいたてかった丸顔の子で、私と同じく放っておかれるだけだろうとしか考えられなかった。

「よく寝させてもらうけど、きれいだよ」

「なにもなさそう？　ほんとに？」

「ない、ない。私はもう出なきゃ。詳しくは、あいつに訊いてね」
戻った真治さんに会計してもらい、尾道の子とは連絡さきは交換しないで手だけ振りあい階段を駆けあがった。東京行きのバスに間一髪乗りこみ、ちゃんと、宿を予約して行ってね、暗い車内で我妻さんの声がたえまなくよみがえった。あんぱんの子なら、安心、安全、と自分に言い聞かせつづけた。

ホテルの暗やみに、弘田さんの使うシャワーの音が響き、薄眼をあけ天井を仰いだ。けさ、京都駅へ降り立つまでは、夜までつきあうつもりでいた。一年ぶりに会ったらどう挨拶すればいいのやら見当がつかないけれど、向うは、年中、観光客を含めさまざまな人を相手に商売しているのだから、こちらのことは忘れ去っているのかもしれなくて、それなら、ただライヴに集中すればいい。

体が言うことをきかなくなったのは予想外だった。ベッドに入ってからも話はつづいた。
「レコードコレクションを置いた別室に連れこんでた、って聞いた。……ついていった子も、いけないよねぇ。私は東南アジアの国をひとり旅するとき、とことん注意してるからね」

初めて、我妻さんに憐憫《れんびん》をおぼえた。弘田さんは、あの人たちにどんなやりとりがあったのかも知らずに、うわさだけを根拠に莫迦にしながら自分を持ちあげているみたいだ。いままで旅のあいだになにもなかったとすれば、それはたんに運がよかっただけでは、と突っこみたくなるのをこらえ訊き返した。

「なるほど……、いかがわしい部屋。ネットで広がったりは」

「いまのところ、ばれてない、って」

「好きなミュージシャンのお兄さんと仲良くなって、京都に無料で泊れるよ、って言われたら、私は有頂天になって泊らせてもらうかもしれないです。しかも、妻子持ちでしょう。疑うのは、むずかしいですよ。それで、力ずくでおそわれたりしたら、騙した向うの、齢のいった男のほうが罪、……ということには、なりませんか」

「進んで、二階まで来たということは、自分に気があるんだろうって判断してやらかすんでしょう。私は、高卒以上の齢なら、のぼっていったほうも同じくらいわるいと思うね」

会話が途切れ、父にチョコを贈らなかったこの女にも憎しみが湧く。今夜は、私の代りにブルームーンを偵察しに行ってくれたのだと思い込んでこらえた。

昨年夏、あそこへ行ったときは、白地に水色の小花柄のネグリジェをリュックに詰めていった。胸もとに小指の爪ほどの蝶々結びした青いリボンがついていた。

その夜のバスは空調が壊れていて京都に着く頃には汗だくだった。月へのぼり着替えようとして、自分は真治さんにどんなことをしてもらいたいんだろうと手順を脳裏につまびらかに映しだそうとした。くちびるを合わせると舌が入ってきて粘膜を舐め回し、手のひらは鎖骨から胸へ下りて揉みながら包みこみ、へその周りを撫でて陰毛の茂みへ侵入し、脚をひらかせあらわになる部分へ指さきが触れる。

とたんに、畳に堆《うずたか》く積まれた海外個人旅行ガイドを手当たり次第ぶん投げたくなりそうに、ぜんぶがくだらなくてたまらなくなった。かなえられるわけがない。こちらは、いざとなったら妄想だけでじゅうぶん。体がまだ、だれとも触れあうのに慣れていない。誘い入れる度胸もない。汗で湿ったままのTシャツに膝丈スカートでベッドへ入った。

時折り、ドアの向うからは、古着屋を営む夫婦のどちらかがあがってきては在庫を整理する衣ずれの音が伝わった。マッシュルームカットの似合う夫の鼻唄も聞こえた。それ以外は、だれも来なかった。

昼すぎに起きると、ビデオデッキに入っていた映画を題名もたしかめないで再生した。ギリシャからドイツまで、生き別れた父親を捜しに出たまだ子どもの姉と弟の、ばさつく黒髪をした姉が、頼もしくみえた運転手の男にトラックの荷台へ連れこまれた。カメラはうしろからトラックを映し、密室と化した幌《ほろ》のなかで、姉はおそらく口もとを押さえられ暴れだしたのではないかと思う。

私は、不安だらけの旅のなかで、ふたりが良さそうな人に助けられて、ひととき安堵していた。耳を澄ませば、台を踏みならす音が踊るように漏れ始め血の気が引き、眼のまえが翳《かげ》りビデオは止めた。

店へ降りると、真治さんはいままでになくご機嫌斜めだった。私はカウンターを挟みふたりきりで向いあう緊張が重荷で、やたらとお手洗いへ立った。投げやりにかけてくる言葉は厳しかった。

「きみ、今日も、昼間は、ずっと、うえで寝てたんだよね」

「映画、何本か見たよ。アニエス・ヴァルダの、ヒロインが冬の田舎をさすらって死ぬやつとか」

自分の分身に思えた、とつづけようとしたら遮《さえぎ》られる。

「奈良とか行ったら？　おれはほんとは、ここより奈良のほうが好きなくらい」

「……修学旅行で、行ったけど。凶暴な鹿に追いかけられて。懲りました」

「パラジャーノフ、耽美で好き、って言ったよね。グルジアについては、なにか学んだ？

彼の作品世界は浮世ばなれして華やかにみえて、反ソ連的、と攻撃されて、くり返し、当局に映画作りを禁じられたのは、知ってた？」

「は、ソ……？　初めて知りました」

「いったい、なに若さを無駄遣いしてるんだって。あきれてるんだよ。おれは」

脈絡なく責められても、すでに十時をすぎ他に行ける場所は浮ばなかった。日中は、ただ、眠たくて疲れているからあそこにいるのだ。そう答えることもできずお手洗いへ入り便座に腰かけ、私は、自分の好悪の感覚を認めてくれる真治さんとここで同じ空気をすっていたいだけなのだと思った。その他はなにも望まない。

でも、これ以上、常連面をされるのは鬱陶《うっとう》しいのかもしれず、あるいは、こちらの将来について本気で案じてくれているからこそ、いま、突き放そうとしているのだろうか。

終電を逃した、という保険会社員の女が現れた。

「私は、真ちゃんの親戚で。これから夜行バスで東京へ帰ります」

「気をつけて。また、いつでも遊びにおいで」

真治さんは、バーボンソーダを頼んだ同年輩の女と親密そうに話し始める。早めに席を立った。あの、栄養士を目指す、と話していた子は、私に置いてゆかれたあと、ほんとうに、なんらの傷つく眼にも遭わなかっただろうか。

受験後の喫茶店で再会してから、我妻さんは、毎週、夜中に電話をかけてくるようになった。メールも執拗に送ってきて、相変わらず浪人にもバイトにも身の入らないこちらもできる限り早く返信するのに、それだけでは満たされなくて声を交わしたいみたいだった。先日も京都へ行って今回はソムリエ見習いと意気投合し、彼の住まいへ世話になりワインをしこたま飲んだだの、東京でもクラブで知りあってつきあい始めた大学生がいて八月は初めてバックパッカーになりタイ旅行するつもりだの、とりとめなく語ってくる。

駆け引きも性愛も存分に楽しんでいるようで、声をかけられたならつきあうのを自分に義務として課していそうで、初めて会ったときに感じた自由さは失われた気がした。そう考えるのは、羨ましさからくる妬みなのか、糸の切れた凧のごとく解き放たれすぎているようすにいつか予期せぬ妊娠や堕胎みたいな未来が待ち受けているのではないかと、得体の知れない怪物の潜む沼の縁に立たされる戦慄をおぼえるせいなのか、自分でも摑めない。両方、混ざっていた。

切る方向へ持ってゆこうとしたら察し、私の興味を惹きそうな写真家や外国映画の蘊蓄《うんちく》を教えだし、それも巧みに、聞きたくもない男たちの話へ変わっていった。なにかの拍子に、私は、伏せておくつもりでいた尾道の子の話を口走った。

「え、……泊るかどうか、迷ってて、相談されたのに止めなかったの？　どうして」

我妻さんのだらけていた声が引き締まり、訊き返してきた。

「だって、私はなにもないから」

「なにもないって、茜ちゃんは、私が止めたあと、あそこへ泊ったの?」

やんわりと追いこむ口ぶりはいまにも泣きそうにふるえだし、それ以上、問い詰められるのに怖気づき我に返った。どうかわせばいいだろう。鈍い頭を回転させていると、向うが手にした飲みものに入っている氷の鳴る音が優雅に聞こえた。

「ああ……、そっか。茜ちゃんは、あそこに寝てもなにもないから、他の子も大丈夫、って思ったんだね。男とつきあった経験がないから」

終りにつけ加えられたひとことを、侮蔑、とは感じなかった。猶予《ゆうよ》を与えられたようで息せき切り説明しなおした。

「ううん、止めた。私は、自分も泊ってないし、尾道の子も止めた。言いまちがった」

ふふ、くすぐる笑みが伝わる。全身から、力がぬけた。

「それなら、その子は守られたよね。真治さんには、……真文くんに夢中の茜ちゃんは、妹、みたいに思えてるんだよね」

じっさいは、京都にはもう行きたくなく、だんだん、洋楽の古いロックの影響が薄れ陳腐な恋歌や人生応援歌の増えてきた弟の音楽も飽きて追う熱が醒めていた。さっき、責められそうになったせいもあり頭に血がのぼった。そんなふうに見られたいわけではなかったのだと怒鳴りたくなるのをこらえ、嘘をついたうしろめたさは吹き飛んでいった。

「妹？　あの人が、店でそう言ってた？」

「うん。私にとっては、真治さんは友だちで、向うも私を友だちと思ってるけど、茜ちゃんのことは、血のつながりのない妹みたい、って」

「妹……、こっちは、お兄さん、だなんて微塵《みじん》も」

「お願いだから、茜ちゃんは、弾みでだれとも寝たりしないでね。世のなか、恋愛はすべきものだみたいなフレーズであふれてるけど、がんばらないでいい。ぐったりする」

羽根の沈んでゆくようだった声の消え入りかたを憶えている。

そのときは、疲れていた。卑怯さも追及されたくなかった。ダイエーのセールで買ったネグリジェは、トイレ休憩で降りた山梨県のサービスエリアのごみ箱に丸めて捨てたのを思い出しながら、私は、我妻さんの物憂げな口調から、再びゆきずりでなにかあった男の話に移ってゆきそうな予感がして、意を決し切りだした。

「四時だよ。もう」

「待って、真治さんの話へ戻るんだけどさ、私は……」

大きく息をすいこみ、口ごもる気配が伝わる。飲みものをすする。いつものことだ。古い携帯を握る手がしびれて、枕もとに置いた。充電も切れそうだ。ううん、いいや、と今晩は話すのをあきらめたらしく明るくふり切って呟くのが聞き取れた。いつものことだ。携帯を持ちなおし、おやすみ、またね、と言いなおした。

その秋の夜明けまえに切った電話を最後に、私は新しい機種に買い替えて番号も変わった。次の連絡さきは我妻さんにも真治さんにも教えなかった。


「もうひとつ、いいですか」

背中越しに、弘田さんがまだ眠りについていないのを悟ると、こちらから訊いた。

「店の裏側、いちげんさんの弘田さんに教えた人も、常連でしょう。知ってて、止めなかったんでしょうか」

「さあねぇ。そこまでは探れなかった。つまみが、ジャンクフードしかなくて、……二度と行かないし」

私は消毒薬のにおいのうっすらと鼻に沁みる枕に顔を押しつけ、みんなひどい、と呟こうとして自分もひどいと突きつけられた。我妻さんは真治さんについて、そこまで求めてなどいやしなかったのにおそわれたことで深く傷ついたのだとしたら、そのあと、私にたいしては至極爽やかに、友だち、とアピールしつづけていたのは、なんだったのだろう。

喉が渇きベッドから降り、冷蔵庫の水を飲んだ。時計は三時になった。弘田さんは寝入った証拠に歯軋りをしている。あの店は、まだあいているだろうか。いま、我妻さんと、私に月に泊るよう勧められた子はどうなっているのか、だれか、教えてはくれないだろうか。

着替えてエレベーターに乗りフロントへ降りた。外へ出て夜風に吹かれ、鴨川のほうへ歩きだした。

客を乗せた車を何台か見送り、ヒッチハイクに挑む自分の姿を空想した。どうしても、父親に会いたくてお金もなく途方に暮れていたギリシャ映画の子たちと異なり、私には、乗ったら最後、山小屋へでも連れ去られいたぶり殺される恐れのある危険を冒す必要が初めからなかった。タクシーも、いざ空車が来たら、深夜料金を払わされる、と我に返り手をあげる気になれなかった。ただ、走り去るのを待った。

修学旅行での出会い以来、私はあの人について思い耽るあまり、つねに、風邪薬の副作用に見舞われているみたいに頭が霞みがかった。教えてくれる映画を見る愉しみに縋《すが》り、おかげで、中学につづく教室内での孤立をやりすごせていたのだとしても、はっ、と気づけば零時をすぎ寝るだけの日々を送っていた。若さを浪費しつづける暮しはすでに蟻地獄と化し、ぬけだそうとのぼろうとしてもたちまちすべり落ち元へ戻る。そのくり返しが、病みつきになっている。

鼓膜が破れそうにクラクションが響き踏み留まった。見あげると大型トラックが停まっていた。

「怪我はないですか」

鍛えられた肩をむき出した恰好の運転手が窓から声をかける。眼は怒っていない。信号は青く後続車はないのをたしかめた。歩道へ身を引き答えた。

「いえ、ごめんなさい。いま、赤、渡りそうだったんじゃ」

「いや、わるいのはおれなんだ」

降りてこられると、抱きかかえてかるがると持ちあげられそうで、うしろを見やり逃げだす姿勢を意識した。

「骨折してたとか、なにかあったら、会社に賠償請求が来るんです。こっちがもう仕事できなくなる。携帯の番号を教えてもらえませんか」

「そんな、ぶつかってもないし。ジュースの自販機って、この辺は」

歩いてきたほうの灯りを指さされた。ポシェットの携帯が振動し、着信のメロディーがけたたましく流れ始める。運転手はトラックへ乗りこむと窓から律儀に頭を下げ発車していった。親切にすぎなかったのでは、と思ったら、教えなかったのは失礼に当たる気もした。

ソヨミさんの番号が浮んでいて耳もとに当てた。ぐずついた声がする。

「茜ちゃん？　いま、三時半だけど。起きてるの」

「はい、どうしました。また、うなされた？」

「そうなの……、フキちゃんは、売られたときのお金を返し終らないうちに、恋に落ちた客の、人力車引き、と駆け落ちして。捕まって、連れ戻されてね。見せしめで、裏庭の桜の樹の枝に裸で吊るされて、鞭で打たれる夢よ。花吹雪のなかで、おしっこをしたくなっても、降ろしてもらえない。だらだらと、腿のあいだを流れてゆく」

悲しみ憤っているようで。そのまま浮世絵の残酷絵になりそうな光景を語りつづけた。

「全身、真っ赤っ赤なみみず腫れになっていって、泣きじゃくってるのが可哀そうでねえ。いっそ、私が身代わりをしたいと願っていたら、鞭打たれるのは、私になった……、痛みに耐え、ついに、失神して。眼ざめたら、家にいたの」

「よかったですね。……夢で」

「私のせいなの。フキちゃんは、私の代りにあんな辱《はずかし》めを受けたの」

ホテルに着くと、受付のベトナム風の名前の男に見守られ、ソファに座り小声でなだめつづけた。

「同じ村の生まれとはいえ、それは、ちがうでしょう」

「ううん、いまも、九十近くにもなって、なに不自由なくのんきに生き永らえている私のせい。そんな気がして、涙が止まらないのよ」

自分を責めてみせながら、みずからの良心に酔っているようでもある。つきあってあげるのも仕事のうちとはいえ、金額を超えていそうに感じていると、はなをかみ眼もとを拭う気配がする。

「もしも、フキちゃんが、その、病気とか、お仕置きが原因で亡くなっていたとして、それは、時代のせい、じゃないですか？」

「そうね。……お国が、貧しかったせい。女が大切にされなかったせい」

「助ける仕組みなんて、あったとしても、届いてなかった」

「不運もある。私の身代わりじゃ、ないわよね……」

午後、東京へ戻る途中、再びソヨミさんから電話があり、今晩はいつもより早めに来てほしいと頼まれた。夕飯もいっしょに、とのことだった。弘田さんと別れ、江戸川を越え千葉の家へ着くと、薔薇《ばら》色から薄紫へ変わってゆく空の下、自転車を走らせた。

国道沿いに、焼き鳥やビールを売る屋台がつらなり賑わっていて、花火大会がおこなわれる日だったのを思い出した。よそから見に来る人も沢山いて、駅から会場の河川敷へ向い行列がつづいていた。ソヨミさんは、お稲荷さんや、牛蒡と人参、こんにゃくの醬油煮を作り待っていた。胡瓜と茗荷《みょうが》の酢の物も出してくれた。

「あのね、今夜は花火もつきあってくれる？　いっぺんも見たことなくて」

外からはすでに、野太く打ちあがっては昇っていって弾ける音が届き始めていた。

「町の唯一の名物なのに」

「源蔵さんはね、戦時中、艦砲射撃を体験していて。あの音は、砲弾の炸裂する音と似ている、と言って憎んでいたの。聞えると、泣き叫んでトイレに駆けこんでしまうのよ。だから、毎年、花火の日は、朝から箱根へ泊りに行ってた。でも、……私は、玉やぁ、が大好きだから。茜ちゃんと見たいの」

いままで、家でしか会っていなかった。初めて、連れだって外へ出た。ソヨミさんは、杖をついていてもよちよちとしか歩けない。ひまわり柄のワンピースに包まれた折れそうに華奢な腰を支え、住宅街から国道へ出た。悔しげに呟かれた。

「いつも、あなたのお母さんに、野菜などの買い物を頼んでるけど。この夏を最後に、自炊は限界かしらね。作ってもらうのも、お願いしなくちゃならない」

「お弁当の宅配サービスもありますよね」

「それじゃ、ふるさとの味じゃなくなる。生きてる限り、自分の作ったものを食べていたい、それが私の望みなのに」

　信号が青に変わると、ソヨミさんはそちらへ向うよう杖をふって示した。縁のない住宅街へ踏みこみ、白い外壁の剝がれの目立つマンションのまえへ出た。辺りは夏草が茂り、カーテンを外された部屋が多かった。最上階を指さす。

「あそこに、親しかった洋裁の先生が住んでたの。趣味のよい人で、小津だの成瀬だの、日本映画の名作や、外国映画の吹替え版のビデオを貸してくれてね。私は訛りがぬけて、東京弁を話せるようになった」

「成瀬、って人の映画は『浮雲』だけ見ました」

　もちろん、真治さんに薦められて見たのだ。弘田さんから聞いた裏話を思い起こすと、教えられて好きになったものまでぬるりとする液体で汚されてゆく気がした。

「あら、あのヒロイン役のデコちゃん、死に顔が、完璧に美しいわよね。先生はね、花火は、毎年、廊下から見るんだと言ってた。いつも誘われていたのに、かなわないで、お星さまになっちゃった。ね、うえまであがりましょう」

「オートロックじゃなさそうですね。でも、不法侵入になるんじゃ」

「ばれないわよ」

　ソヨミさんは自信を湛え言い切り、ふたりで建物へ入りこんだ。エレベーターはいまにも故障しそうに軋んで上昇し、他にはだれも乗ってこなかった。

外廊下へ出ると各室の常夜灯は半分以上消えていて、電球の寿命が近づき点滅をくり返すノイズが夜気を這っていた。私たちはならんで、冷たいコンクリートの手すりに胸もとをくっつけた。町ぜんたいに、源蔵さんを思えば耳の底に、一発で全身を焼かれる恐怖を掻きたてる音を轟かせる花火に見入った。赤や青や緑、紫の光の雨が空に注ぐ。火薬のにおいも嗅ぎ取った。

ソヨミさんは、時折り背伸びし手すりから身を乗りだした。たーまやー、と両手をメガホンのかたちにして歌いあげるように呼びかけた。私も、た、ま、や、と呟いた。

「花火、好き、ってことは、空襲には遭わなかったんですか」

「ええ、運よく。同じ世代には、万歳、と叫んで家族で崖から身投げしたり、原爆で背中いっぱいに硝子片が刺さって皮膚の溶ける火傷を負ったり……、洞窟で、お乳を欲しがる赤ちゃんを殺して手榴弾で自決した人たちもいたというのにね。私は、広島、長崎、沖縄は行けないわ。一生。どこを歩いても、死んだ人たちの声が聞えてきそうで、景色も美味しいものも楽しめなさそうで」

「私はぜんぶ、旅してみたいですよ」

内心、京都じゃなければどこだって、とつづけた。

深緑がかった空を埋め尽くしそうに連続して昇っては爆発し、幾重にも重なり煌《きら》めく黄金色をして流れ落ちるナイアガラに、ふたりで拍手を送った。ソヨミさんの頬は柔らかいオレンジに染まってみえた。煙が流れ休憩に入りしずまり返ると寄り添い囁かれた。

「けさは、電話に出てくれて、ありがとう。あなたに気づいてもらえなかったら、パジャマのまま外へ飛び出して、事故にでも巻き込まれていた」

トラックの運転手を思い出す。連絡さき。教えなくてよかった。

「なに、言ってるんですか。その膝じゃ、車に出くわす地点まで自力で歩けない」

笑ってあげると、茶目っけを漂わせ肩を竦めた。

「そうね。走れなかったわね」

「フキちゃん……、探偵でも雇って捜してもらったら」

予算はいくらだろう。この世にいないかもしれないのに。

「ふふ、じつは、その手も考えているのよ。今日は電話帳をめくって、いくつかの興信所に問いあわせてみたの。岩手の知りあいにも相談しなおすつもり」

「互いに生きてて、ステーキでも伊勢海老でも食べられるといいですね」

「それまで……、行方を摑めるまで、いまは暑苦しいから、同じベッドに、とまでは言わないけれど、毎晩、手をつないで眠ってくれるかしら。あなたが支えよ」

来た。否めはしなかった。経験も資格も要らない、なんの元手もかからない仕事。操られるように、お金のために、わかりました、と快く頷く。慣れたら、熟睡できるようになる。

花火から帰ると、私たちは、ふたつのベッドをくっつけてひとつのダブルベッド状にした。境界の辺りで手を結びあわせ、互いのぬくもりを感じ眼を瞑り、ソヨミさんからさきに落ち着いた寝息を立て始めた。

寝つくのに苦労した。向うは、しょっちゅう、添い寝されているのをたしかめるらしく私の手のひらをきゅっと押したり、生命線をなぞったり、関節の出っ張りをいとおしげに撫でたりする。止めて、と押しのけたくなるたび、フキちゃんは、売られたさきで、毎日、好きでもない男の客たちに裸にされ胸を吸われ脚をひらかされつづけたのだ、と自分に言い聞かせた。ときどき、孫に呼ばれる喘ぎ声の主もそうだ。

パジャマのままですむ私の仕事は恵まれていて、いまのところこれしか出来なくて、ソヨミさんには感謝しかない。眼をあけると、部屋の闇はもう薄蒼がかってきていて天井の蛍光灯が水色をしてみえて、外からは雀たちのさえずりが伝わる。

それから、夏いっぱい、私は夜はろくに眠れず、自宅へ帰ると昼すぎまで寝てばかりいた。母だけが働き詰めで、私は洗濯物と夕飯の支度、父は掃除と食器洗いをかろうじて担った。将来についてはひきつづきなにも考えられなかった。

＊

九月半ば、仕事に訪れたら、ソヨミさんはソファに横たわりテレビを見ていた。回転鮨の大食い競争。趣味の番組ではない。台所には、生クリームらしきものがこびりついたフライパンや木べらが出しっぱなしだった。片づけようとすると、待って、と止められた。

「夜分おそくに申し訳ないけど、ポストの、速達、のところへ入れてきてくれる」

テーブルのうえの白い封筒を指さした。籠《かご》からあふれそうに摘まれたのや一輪挿しに活けられたの、銀器のティーセットの横に飾られたの、色とりどりの薔薇の絵を描いた切手が何枚か貼られていて、宛さきは、岩手県盛岡市、田川フキさま、となっている。

「突き止めたんですか……、新しい探偵さん？」

「夢で居所がわかってね。まぶたの裏でちらちらしているうちにメモしたの。孫にでもばれたら、ばあさん、ついにいかれたな、追い出せる理由になるぞ、とほくそ笑むわね」

認知症が進んでいるのだ。戸惑いを悟られたくなく封筒を裏返し、糊づけした部分に貼られた、電灯を反射し煌めく真紅の薔薇のシールを見つめた。郵便局へ走った。

夕飯には、銀婚式の記念に源蔵さんとフランス旅行をしたときの印象をもとに、若鶏のノルマンディー風を作った、とのことだった。食べきれなくて三角コーナーにごっそり捨てられていたけれど記憶力は衰えていない。

コンビニへ寄って帰宅した。すでに寝室へ入り寝息を漏らしていた。サイドテーブルの灯りが点けっぱなしで、近づくと、檸檬《レモン》色の表紙の大きな本がひらかれたままだった。ぶどう酒料理、という見出しと、ご自慢のワインの香りを嗅ぐ、たるんだ頬がブルドッグと似た男の横顔の白黒写真が眼に入る。鶏のぶどう酒煮や、梨を丸ごと甘口ぶどう酒で煮てバニラアイスクリームを添えるデザートの作り方が載っていた。夜に自力で眠りこんでくれたのはいつ以来のことか、思い出せなくなっていた。

居間へ戻ると、私は洗いものをすませ、ソファに寝そべりテレビを点けた。肩の荷が下りたようで、さわられすぎるのはつくづく負担だったと気づく。ここと家を行き来する暮しに閉じこめられ、新しい出会いがあるわけでもない。うんざりだ。

衛星放送に替えた。月で我妻さんと初めて会った午後、真治さんも交えて見た映画をやっていて、新聞をたしかめ『エル・スール』だと知った。心を塞ぎ、部屋のベッドの下にもぐり息を潜める娘の耳に、天井の向うから、床を杖のさきで遠慮深く打つ音が伝わる。椅子に座り打っているのは父だ。表情は陰になっていてみえない。隠れ場所は知りつつ、がさつに足を踏み入れることはない。あえて距離を取っている。

埃の舞う陽ざしのなかで、ふたつの部屋をつなぐ透きとおった梯子と化した杖の音の響きを通し、父娘の抱える空洞は、つかのま重なる。壁の向うから、犬でも呼ぶように手を打つ音と名前をくり返す声がする。

「茜ちゃん、……あ、か、ね」

寝室へ向うと、ソヨミさんは布団から顔をのぞかせ薄眼をあけ、くっつけたままの私のベッドへ静脈の浮きあがった腕を伸ばしていた。

「駄目ね、……今夜も、お願い」

「わかりました。シャワーを浴びてきますね」

よろしく、と雇い主は呟き、仰向けになり眉間に幾重ものしわを刻み眼を瞑る。手紙は宛さき不明で戻ってくるだろう。映画は途中で消した。


翌週、盛岡から返事が届いた。それはたしかに、村でいっしょだったフキちゃんのものだと、私は夜の居間で聞かされた。表側に、橋本ソヨミさま、と油性マジックで力んで記した茶封筒も見せてもらった。

便箋の代りに、日めくりカレンダーの裏側十枚にわたり、村を出てからいままでの来歴を綴った自分史が押し込められていて、郵送料金が不足しており、こちらで払ったの、とほほえまれた。差出人の住所はなく、田川フキ、と殴り書きであるだけだ。

「戦後はね、東京から縁あって北海道へ移って。十勝の牧場やメークイン農家、流れ流れて、富山県の氷見にある水産加工場、それから、秋田県の乳頭、群馬県の草津、鳥取県の三朝《みささ》の温泉旅館に住み込んで働いてた時期があるんですって」

年老いたらそんな暮しはつづけられなそうで、背すじがさむくなる。

「五十五歳から十年間は、調布にあるカトリック系女子大の寮で料理番をしていたとか。私が、源蔵さんとともに千葉へ引越したのが六十五のときだったから、入れちがいで岩手へ帰ってたのよ」

「結婚は？　お子さんは、いるんでしょうか」

「北海道じゃ、樺太《からふと》帰りの牧場主の後妻さんにおさまってたことがあるそうだけど。子どもは作らなかったって。まさか、……もう、死んでいるだろう、とあきらめていたというのに、こうして結びつくなんてね。捜してくださった方に謝礼を弾んだわ」

先日とちがう言いかたに、やはり、探偵か知りあいが奔走してくれたのだろうと推し量った。自作自演では、ともよぎったけれど、蟹の群れが這っているような自分史の筆跡はいくら見なおしても別人のものにしか思えず、だれかの協力を仰いでいるのだとしたらだれなのか見当がつかない。

「次は電話番号を書くわ。早く声を聞きたい」


日を置かず、二通めが届いた。ソヨミさんはカモミールティーを啜り、切りだした。

「フキちゃん。……だいぶ、困窮してるようでね。電話は、家の固定のものしかなく止められてしまって。切手も買い足してなくてごめんなさい、って謝ってたの。私は余裕があるから、ただちに援助にゆきたいけれど、新幹線での長旅には耐えられそうにない。明日は、当面の生活費を送るから、書留の手つづきをよろしくね」

「はぁ。じつは、赤の他人で、詐欺じゃなきゃいいですけど」

待ち望んでいた文通が始まっても、ソヨミさんはいままでどおり夜は眠るために私の手のぬくもりに縋り、髪を撫で頬ずりまで求めることがあり、割増をアップするようすはない。冗談のつもりで呟いた。血相が変わった。

「さ、ぎ、ですって？　ひどい。村を出てからの流転についてまとめた手紙は、切実なものだった。世間知らずが汚すようなことを言わないで頂戴」

雷鳴を思わせる声は空間を揺るがし淡い黄のお茶がカップから零れそうになり、罵倒は耳に刺さった。もっとましな仕事が見つかりそうにない現状でクビになるのは私も困るのだ。迂闊《うかつ》だった。身を引き窺うと、怒りで張り詰めていた瞳から力がぬけてゆく。辺りを見回し手を合わせてきた。

「ごめんなさい、言いすぎたわ。気分の浮き沈みが激しくて」

「新幹線のチケットを送って、会いに来てもらえばよいんじゃないでしょうか」

三通めが届いたら、上京は是非ともしたく、ソヨミさんの家にも御厚意に甘え世話になってみたいけれど、なにぶん自分はおっちょこちょいで、ひとりではゆけない、と述べられていたという。私がお迎えにあがることになった。

「あなたのお話も手紙に書いたら、興味津々で会いたがってて。若い人に手伝ってほしい作業があるみたいなの」

出発の朝、ソヨミさんは芥子《からし》色のワンピースのきのこの刺繡のついたポケットから銀行通帳を取りだした。おもむろにめくっていって老眼鏡をかけた眼を寄せ、数字に見入る。指さきでなぞる。最後の頁をこちらへ向けた。

「ここにね、夫から受け継いだ遺産が、五百万、あります。私は、息子がくれるお小遣いだけで暮せるから、いままで何度か、慈善団体への寄付を考えては踏みきれなくて。持て余していた」

もしや、と胸のうちを期待が這いあがり、薄桃の爪のひかる指が示す額を網膜に刻みつけた。頷きかけてくる。

「連れてきてもらえたらね、まず、フキちゃんにこの貯金を半分あげる。私のせいもあって、辛酸を舐める人生になったのだから。賠償金としてね。あなたには、将来に要る学費やなんやのために、もう半分あげる」

「連れてくるだけで……？　高、すぎやしませんか」

二百五十万円。一年くらい、外国へ語学留学できるだろうか。提案を退けるそぶりを向けつつ、頭の片隅では意外としたたかに、ぜんぶ、私にくれてもいいのではないかと計算していた。フキさんには、将来、と呼べる時間はろくにない。

「たいした額じゃないわよ。いまあなたが考えてるより、あっというまになくなる。だって、お父さまは無職で、お母さまの稼ぎも、てんで労力にみあわないものよ……、貰ってもらえたら、ありがたいわ。血を分けた孫には譲る甲斐がないし。私は、来年まで持ちそうにない予感しかしないし」

しんみりと語られ、顔をあげた。瞳にやわらいだ光が満ちる。

「ビフテキとパフェを食べて百まで生きましょうよ」

「それは、夢の話。いま、豪華パフェなんて平らげたら、おなかを壊して立ちなおれなくなる」

内密で病院にかかり余命の宣告を受けているのかもしれなかった。尋ねてもほんとうのことを答えてもらえるとは限らなくて追及はしなかった。

十月半ば、私は初めて東北新幹線に乗り盛岡へ降り立った。渡されたメモを手に目当てのバス停を探した。予想より冷え、インド帰りの弘田さんにおみやげに貰った赤い唐草模様の布を首もとに巻いた。彼女はいま、ハローワークへ通い失業給付を受けながら、好きなものに係る仕事を探している。面接まで辿りついても、どこも経営は綱渡りで条件はわるく、失望が態度に出るのか落ちっぱなしらしい。

大学は出たけれど。戦前の小津の映画の題名が浮び、見あげたら停留所の屋根の向うに焼肉と冷麺の看板がのぞき、この街の名物だったと思い出す。

バスはロータリーから、左手に青灰の岩手山を上半身いっぱいの大きさで望む、うろこ雲の広がる空を映した川に架かった橋へぬけた。ビルや飲食店のつらなる並木道から、はちみつ色の陽を浴びる、お城の石積みの残る公園の周りを徐行した。ルビー色や黄金色に染まりつつある木の葉が揺れ、また橋を渡り別の川に沿って走りだす。つややかな真黒い川鵜《かわう》が羽ばたいていった。

「日にちは、ちゃんと取り決めたんですよね」

「ええ、向うから指定してきた」

「上京してくれたら、援助する話はしたんですか」

「手紙では自信がなくて、じっさいに会ってから。だって、茜ちゃんが指摘したとおり、いざ対面したら、別人だった、っていう確率も、ゼロ、とは言い切れないじゃない？」

玄関から出てきて見送る際、ソヨミさんは、突然、肘を捕まえ怯えて訊いてきて、頭ごなしに、世間知らず、とまで吐かれたときとのギャップにうろたえた。

「私は近影を向うへ送ったけれど、あっちはもう何十年も写真なんか撮られてなくて。北海道を去るまえ、襟裳岬へ行ったときの写真を一枚だけ送ってくれた。逆光の……」

まちがえていた場合、私にくれる予定のものはどうなるのだろう。

「でも、面影はあったから。きっと、フキちゃん」

「そう、ですよね。はい」

「あなたにも、まだ、通帳については伏せておいてほしい。私の望みはね、何日か泊ってもらって、手料理を食べながらお互いの話をして。最後に、互いの体調にもよるけれど、列車に乗って、海辺のホテルへでもいっしょにゆけたら」

内容を詳しく教えられてはいないらしい、お手伝い、とやらにかかる手間を考慮し、宿泊費と食費、おやつ代も三日ぶん与えられ、いま、旅するように北の町にいる。私は、まもなく会う顔も声も知らないおばあさんを、もしも、フキさんでないにしてもフキさんということにして千葉まで連れ帰らなくてはならない。

　バスは人けのない住宅街を走ってゆき、坂をのぼりだした。右手に林檎畑が広がる。ブルームーンのうえの冷蔵庫に入っていた農家の林檎ジュースは青森産だった。我妻さんと最後に話したとき、尾道の子を守らなかったことについて告げていたら、どんな展開になっただろうと考えた。

　案外、知りあいなのかもしれず、ああ、なんともないよ、真治さんの好みからかけ離れてるし、なにもあるわけないじゃない、と笑い飛ばしてくれたかもしれない。そうなるなら、言えばよかった。でも、あの子も強引におそわれたよ、茜ちゃんのせいだね、と泣き崩れ責められたかもしれなかった。

　私は、私が学校で同級だった女の子たちにそうされてきたように、あの子を見下していた。私のひとことのせいで真治さんの罠に嵌ろうが、どうでもよかった。

　乗客が私ひとりになったバスは、曲がりくねった坂をのぼってゆく。背高泡立ち草の揺れる売地に蔦《つた》におおわれた廃屋、空き物件の看板が眼につく。ひょっとしたら、好きになる男の欲情をそそる要素が生まれながらに欠けているのかもしれない私が、少女の頃、好きでもない男たちに欲情をぶつけられる仕事をしていたおばあさんに会いにゆく。耐えぬくための心がまえのようなものは、仕込まれたのだろうか。
客を快楽へみちびく技術を、たぶん、学んでいるはずで、それらは教えられても、私には生涯なんの役に立つこともないだろうと考えたら笑えて、自分はフキさんより可哀そうな気もしてきた。どうにか好かれたい。

終点の停留所で降り、ふり返った。真正面のずっと向うに、岩手山が、薄水から淡い金のグラデーションに染まった空を背景にそびえてみえた。天辺まで坂をのぼりきると、杉林を背に、二階建てのみすぼらしいアパートが忘れられたように集まっていた。
目指すD棟一〇一号室のドアには貼り紙が出ていた。ガムテープで留めてある。
〈アカネ　さま
おフロのお湯が出ないため、温泉ランドへ行ってきます。ここのカギはあけてあるから休んでてください。なにか家のことで困ったことがあれば、C二〇二の茂助さんをたよったら、かい決するでしょう。田川フキ〉
隣室のドアには棒切れがバツ印に組み打ちつけられ、元住民を名指しで、賃料不払いのため入居禁止にする、と役所の通告する紙が貼られていた。日付から半年がすぎていた。
剝がした伝言をポケットにしまい、付近を歩き回ってみる。道端に眼をやれば、紫の濃淡や白い野菊、粒型の花をぽろぽろとしごきたくなる赤まんまが、琥珀《こはく》色の陽をふんだんに浴び楽園のごとく咲き乱れていた。私の育った家の周りではこんなに見ない。

C棟は、舗道を挟んだ斜め向いにDより傾いて建っている。ベランダ側へ回った。三室ある二階は真ん中だけ、雑巾にしたほうがよさそうなタオルや伸びきった股引きが吊るされ、左右は、空き室がのぞいていた。階段をのぼり茂助さんを訪ねてみる気にはなれそうにない。林の手前まで来ると、熊出没注意の看板が掲げられていた。

大根葉の茂った共用の菜園にも、不法投棄は厳罰です、と墨のはねた筆の字で脅す看板のある檻みたいなごみ収集場の周りにも、だれもいない。

フキさんの部屋のまえへ戻り、ノブに手をかけた。力をこめなくても、あいた。ドアを閉め、鍵を回したら途中で止まる。

スニーカーをぬぎ、埃の積もった電話機のある靴箱を横目に、台所のついた六畳一間へ踏み入った。早くも冬用の布団が敷かれ、病院で処方される薬の紙袋、ラジオの載った蜜柑箱と座椅子、薄紫の野菊をあふれそうに飾った牛乳壜がある。紐で結んだ古雑誌や世界文学全集も眼についた。

テレビはなく、ラジオも電池切れか壊れている。喉が渇き冷蔵庫をあけた。卵入れに使いかけのマヨネーズ、上段に消臭剤、中段には封を切っていないウスターソースが二瓶ある。野菜室には、茶色く傷んだキャベツの芯の詰まったポリ袋、硫黄めいた臭いを放つ溶け始めた玉葱があった。冷凍庫にはあずきアイスバーの箱、塩鯖。アイスは七本。食べる気にはなれない。流しの蛇口から水を手で掬《すく》って飲んだ。

トイレのドアをあけた。便器は和式で詰まるものでも流したのか、饐《す》えた臭いの水が黒いタイルの床まで垂れて水溜りを作り、ゴムのスリッパも濡れている。ソヨミさんから電話が来た。

「どう、フキちゃんは……、そこにいる?」

留守番している、と言って電源を切った。

バスの近づく震動が伝わり、外へ出てみる。辺りはとっぷり暮れ、水銀灯に照らされ、背の曲がったおじいさんが、両手に買物袋やトイレットペーパーを提げ坂をのぼってくるのがみえた。手前の棟へ入った。降りてきたのは彼だけだった。

リュックを背負い部屋の電灯を消し、全力で走った。表示が駅行きに替わったバスに乗り、雪の季節は若い人の足でも滑り落ちるのにちがいない坂を降りていった。フキさんは、車は運転できるのだろうか。川の近くにコンビニがあった。青と白の看板のかがやきが眼に沁み、別の星へたどり着いた気分になる。

暑いほど暖房の効いた店内で、カルボナーラスパゲッティにシーザーサラダ、明日の朝用にソーセージロールと林檎デニッシュ、バナナ、野菜ジュースなどを買った。橋のうえのベンチに座って食べた。絡まりあったクリーム味の麺を紅茶で胃へ押し流す。

両側の岸辺から、翅をすりあわせる鈴虫や蟋蟀《こおろぎ》たちの声が波打ち響いていた。再びコンビニでトイレを借りた。アパートへ着く頃にはバスは終わっていたけれどフキさんは帰っていなかった。


ひと晩じゅう、外から物音が聞えるたび、さすがにだれにおそわれてもおかしくはないと警戒し、枕もとに置いた錆びた包丁の柄を握りしめた。ドアにかかっているのはチェーンだけで、態でも変質者でも瞬時に引きちぎり侵入できる。

いくら、私の顔にも体つきにも、だれもそそる魅力がないとしても、深い闇のなかなら関係のないことだ。風呂場で洗ったときにタオルでややこすりすぎた脚のあいだは熱を持ち潤っていて、ふだんはたいして意識しない自分の性を突きつけられる。

恐怖をすこしでもまぎらわせようと、音楽を好きだった頃の真文くんに背中からのしかかられ、胸にふれられる自分のシルエットを思い浮べても、まったく、とろけるまでいかなかった。布団に伏せているうち、初めての客が来るのをおののき待っていた十四の少女と自分が重なっていった。彼女には抵抗するための道具は与えられず、ギリシャ映画の姉や我妻さんは反撃のチャンスをさいしょから奪われていた。

相手は、もちろん、その点をよく知っていた。

始発のバスが坂をのぼってきて布団から這いだした。洋服のまま寝ていた。包丁を片づけ、流しで顔を洗ったところでノックされ、底を木枯らしが吹きぬけてゆきそうな女のしゃがれ声が伝わった。

「ただいま。フキです。添い寝係、いるの」

チェーンを外した。軋んであいたドアからあらわれたフキさんは、栗色の毛のふさふさして耳当ての垂れさがった帽子を目深く被り、異様に澄んだ、ほそめた眼で見あげてきた。神経質そうに顎の尖った、片手でおおえそうな顔は青紫の染みがちらばり、干からびかかったような口もとにはひげが生えている。

「よく来たね……。おら、温泉ランドに長居して、つい、放ったらかして。会うの、あきらめて、東京へとんぼ帰りするんじゃないかと思ってたけど」

灰色に汚れたガーゼのマスクをつけ咳をし畳へあがりこんできた。あらためて向いあうと、眼もとにサファイヤのごとくぎらつく硝子玉を縫いつけた梟《ふくろう》の顔を身頃いっぱい編みこんだかぎ裂きのあるセーターを着て、もんぺ風ズボン、厚手の黒い靴下はつまさきもかかとも破れ、下に履いた白いのが覗いている。古着屋のワゴンで売られているのや拾ってきたのをごた混ぜにして着ている印象を受けた。たしかにあの仕事をしていたのだろうと感じる色っぽそうな面影は、消し去られている。

部屋のようすはごみ屋敷とまではゆかないけれど、かまわなさが積もり積もって居心地のよい繭《まゆ》と化しぬけだせなくなっていそうだ。ぺしゃんこのリュックを背中から外すのを手伝った。

「帰るなんて、ありえないです。初めまして。きのうは、な、なにか事件に巻き込まれたんじゃないかと心配で、警察に一一〇番したほうがいいのか迷いながら、お布団、借りさせてもらいました。無断で……、すみません。お客さん用のが見当たらなかったから」

「だれも来ねぇもの」

「おかげで、じゅうぶん、眠れました。あの、ソヨミさんとのお手紙で約束したそうじゃないですか。私は、お手伝いにあがりました。なんでも言いつけてください」

「はぁ……、橋本さん、ねぇ。おらは、すっかり忘れてたよ。向うも、惚けて忘れてくれててよかったんだけどね」

吐き捨てるように言い再び外へ出てビニール袋を取ってくる。新聞紙にくるまれたどぎつい真紅のきのこが入っていた。足音だけ立てて去った明けがたの訪問者は朝採りのをお裾分けに来たらしい。

「そんな……、忘れてくれててよかった、というのは、なぜ。ソヨミさんは、あなたに会いたいあまり何人も探偵を雇って、ここにいるのを調べたんですけど」

無視して背を向け屈むとリュックからコンビニの袋を取りだす。泊りさきでぬいだ下着類を抱え洗濯機へ向い、スイッチが入り水が注がれ始める。予備校に入ってもいっぱい余って私大の学費にも回せるお金を、なんとしてもあきらめるわけにはゆかなくて、しずけさが長引くごとにお腹がぐるぐるした。

「おらは新幹線なんて乗りたくないのに、向うだけなつかしがって会いたがってるのよ。しつこすぎて、あんたを迎えに寄越すのをことわりきれなかった」

説明とちがう。私はせっかく会えたのに厄介者扱いされるのに気落ちし、そうですか、と呟き畳に座りこんだ。うなだれ、携帯の電源を入れる。吹きこまれている伝言はぜんぶソヨミさんの番号だ。内容はたしかめないまま、折り返しかけた。すぐにつながった。

「おはようございます、茜です。電波の調子がいまいちで連絡できなくて」

「ああ、たぶん、そんな事情か、携帯会社のトラブルかしらね、と思ってたわ。私のお友だちとは、上手くいってる?」

木洩れ日を思わせる晴れ晴れとした笑いがこぼれた。安宿を巡れば世界一周できるお金、と自分に言い聞かせ適当に報告し終えると、トイレへ引っこんだフキさんが首を傾げ戻ってくる。

「あんた、……ここ、詰まってるじゃない。きのう、外ですませた、っていうのなら、命知らずだね。熊を、甘く見るんじゃないよ。山菜やきのこを採るのが好きな人らが、毎年、ヘリで病院へ運ばれる。顔を爪で裂かれるかもしれないのに」

「ごめんなさい、油断しちゃって。あの、お手伝いをなにか。私はそのために来たんですけど」

気を取りなおし正座し訊くと、こんどは、まんざらでもなさそうに返ってくる。

「ああ、家のもの、引越すみたいに片づけてほしいのよ。出てゆくわけじゃないけど。できる?」

「やります」

「明日は燃えるごみだから、冷蔵庫のもの、ぜんぶ出して。生ごみをまとめて。アイスは、流しで溶かして流して」

ここにも、とフキさんは言い、下の扉をあけると、大瓶で買ってある油類に調味料がならび、奥にはパイナップルや桃の缶詰、淡い緑がかったクリーム色をした鉛筆くらいほそい筍《たけのこ》や黄土色のはらわたっぽい瓶詰がある。きのこだ。

「それ、猛毒よ。詳しくない人が採って、食べたりしたらおおごとだから、おらが採ってきて。水煮してみた。二番めの兄は、戦争が終わってビルマから帰る途中の船でコレラに罹って死んだそうなんだけど……、もう、日本の港は見えてきてたのにね、下痢がつづいて、全身から水分がなくなって。それ、食べたら、コレラそっくりの症状が出て死ぬの」

おととしの日付で、ブスキノコ、と書いたラベルが貼ってあるのを取り落としそうになりふり返った。けさの頂きものの袋を指さす。

「こっちは、タマゴタケ、といって、里芋と葱とおつゆにしたら極上で、あったまるの。茂助さんは見分けるの達人だから、安心。そっちは、水けを切って捨てて、べに花油も醤油も流して。入れものは、ぜんぶ、すすいで。プラごみと、瓶、缶に分けて」

「わかりました。あの、何時までやればいいでしょう。今日じゅうに出発しないならホテルに泊ろうかと思いますが」

「好きにしたら」

フキさんが共用の物置から取ってきた用具でトイレを修理しているあいだ、私はきのう買ったパンを食べジュースを飲んだ。向うは、朝ごはんはすませたか抜くみたいだ。きのこを入れた小包がのぞくバッグを提げ慌ただしく出て行った。昼すぎ、外を舞い飛ぶ鳥たちの声を聴き分別作業を進めているとソヨミさんから電話があった。

「どう、フキちゃんは」

いっしょに上京してくれますようにと祈る気持で答えた。

「病院巡りです。ごみ出しを任されました。徹底して捨ててほしいって」

「まぁ、なんだか、心中でも望んでるみたいね」

心中、ですか、と訊き返し、胸のうちに波紋が広がった。いま、ソヨミさんは朗らかに言ったようで、すでにこの世に未練のなさそうな、覚悟を決めていそうな、冗談とは思いきれない重みがこもっていた。

「私たちの齢だと、どこかへ遠出するときは、行ったさきで死ぬかもしれない、って考えるから。とくに、あの子の場合は、身寄りがだれも、……見られたくないものの片づけとか、赤の他人のお役人や業者などの手を煩《わずら》わせたくない気分が、強いのじゃないかしら」

あなたは私を、向うは気が進まないのを押し切ってここへやったのですか、とは質せるわけがなかった。なにを言ってるの、あちらが望んだのよ。私に疑いの眼を向けられたのに傷つきしょげかえった口ぶりで返されそうな気がする。ついには憤り、お礼の話をなかったことにされるのは避けたい。

分別へ戻った。きのこは腐臭が漂う。コレラ、という病名は頭から去らなくて、マスクをはめた。脱衣所で見つけたゴム手袋を借り、煮汁も皮膚に触れないよう処理した。真治さんに食べさせてあげたかったと考え、吹きだしそうになる。醬油や酢、マヨネーズは期限内でたっぷり残っており、これらまで捨てろ、というのは度を越している。

午後四時をすぎたら陽はあっというまに傾き、空は暗くなり星が瞬き始めた。買ってきたものを飲み終えると、縁の欠けた紅梅の柄の湯呑みを借りて水道水を飲んだ。


七時頃に帰ったフキさんは、生協で買ったお弁当を店内の電子レンジで温め休憩所で食べてきた、と当たり前のごとく言った。私は空腹のまま、片づけに集中した。そのあいだに向うは流しで顔を洗い、風呂場へこもった。

「あんた、精が出るねぇ。おらは寝るけど」

卵色をしたフリースのパジャマに紺絣の袢纏《はんてん》を着こみ戻ってくる。いつから干していないのやら、汗のにおいが沁み湿りけのまとわりついてくる布団へもぐりこんだ。立てつづけにくしゃみをした。

「風邪、ですか。持ってきた薬を分けましょうか」

「ううん、かまわねぇで。あんたは……、ゆうべは、お尻くらい、洗って寝たの？ いま、水しか出ないけど」

シャワーは待っても待っても温かくならなくて、水に浸したタオルを絞って拭いた。つめたさにつまさきだちになった。

「借りました。水が出るのは、助かりました」

「橋本さんったら……、おらが、はなればなれになったさきで、……穢《けが》らわしい病気で死ぬ夢を見て、泣いてたそうだけど。ならなかったのよ。仕事をしてたあいだは、冬でも、お客を取るたび、あそこを水洗いしていたからね。いちいち、奥まで冷やしすぎたせいで、子どもは産めなくなったけどね」

淡々としていながら、底なしの穴へ引きずりこまれる錯覚をおぼえる声だった。立ちあがろうとして再び座りこみ、大輪の菊柄の掛布団に包まれた背中の辺りを見つめた。ひどいですね、と微かにふるえる声で呟いてみたものの、そんな話を聞かされたなら、とりあえずそう返すのが義務だろうという思い込みからなぞって口にしただけみたいな、薄っぺらい響きをして思えた。

「お客って……、一日、何人くらい、相手を」

「五人……、十人、二十人？　まちまち。おしっこへゆくひまがなくて、しょっちゅう、客のまえで漏らした。漏らして恥ずかしがって泣きだすのを面白がる客もいた」

二十人、ということは、日に十時間、お店へ出るとして、それも働きすぎだけれど、三十分ごとに男たちに脚をひらかされていた計算になる。漏らすわけだ。意識しないよう努めていたけれど、布団も、吐き気を誘うおしっこのにおいがのこっていた。部屋ぜんたいにも、そこはかとなく漂っている。漏らす癖がついたのかもしれなかった。

裸電球の吊りさがった天井の向うからねずみたちの駆け回る物音が伝わり、埃が落ちてくる。ふり返る気配がした。眠くてたまらなそうにまぶたのふさがりつつある眼で私を見あげる。

「こんな話……、どうせ、可哀そうに思うんだろ。橋本さんは、手紙に、大泣きした、って書いてきた。上等なペンの青い字も、涙が垂れて滲んでた。それでも、あなたが生きていてくれてよかった、ってあったけど、おらは、あのとき、死にたかった」

あくびまじりに訴える声は苛立ちを帯び、泣ける身の上話として舐め尽くされた侮辱を感じている気がした。ソヨミさんにはそういう鈍さがある。

「私も、……もしも、時代が時代で、同じ状況になったのなら、死にたくなったと思います。死ぬことで、やっと、抜けだせるのなら」

「おや、わかってくれるかい？　もう、おやすみ。電話機の横に、タクシー会社の番号を貼ってあるよ。携帯で呼べばいい」

「ありがとうございます」

「明日は、七時においで。熊には気をつけて」

街なかのビジネスホテルにチェックインし、テイクアウトした牛丼を食べた。ベッドへ入り携帯をいじった。アドレス帳に浮びあがる名前は、両親、ソヨミさん、弘田さん、いままでのバイトさき、新宿でティッシュを配った女の子たち。半年以上やりとりをしていない連絡さきを削除した。せいせいした。

壁に向って眼を瞑り、我妻さんは、ある日、なんの前触れもなく私に電話したらつながらなくなっていたことで、落ちこんだだろうかと初めて思いを馳せた。長話にするつもりで用意していたお酒を啜って動揺をなだめ、かけなおしてみても、この番号は使われておりません、とリピートされる。

見ひらいた瞳には何色のコンタクトを装着していただろう。あるいは、風呂あがりで化粧を落し、私の知らない素顔に意外と野暮ったい眼鏡をかけていた。今夜こそは、あれを告げるつもりでいたのに、と悔やんだだろうか。私は、ほんとうは真治さんのことは大っきらいで、好き、と言ってたのは、暗示をかけることによって自分を守ろうとしていたの。そんな内容だったのだろうか。

いつも、夜が深まると気持がこんがらがってどうしようもなくなり、縋れるのは、私くらいしかいないのかもしれないとは、うすうす感じていた。声を求められながら、肝心な話は、こちらからもなにも切りだせなかった。もうすこし待ってもよかった。つきあわされるのは、限界だった。

「橋本さんは、息子さんと娘さんがひとりずつ、すこやかに育って。いまは、孫も同居してるってね。法事のときの集合写真を送ってくれたけど、若い俳優のだれかに似てたよ。こんな美男子に労わられたら、そりゃ幸せだろうね、って思わせる」

けさ、洗濯物を干すのを手伝っているとき、フキさんは鼻で笑い言っていた。

「お孫さんは会ったことないです。不仲、とは書いてませんでしたか」

「なかったねぇ。初めのお便りを読んだときは、ずぅっと縁の切れてたおらとつきあいを温めなおしたいだなんて、よっぽど、さびしいのかな、って同情した。ご主人は、釣りから帰って寝込んで、そのまま心不全で逝ったんだってね。あんなに悲しく打ちひしがれたことはありませんでした、ってあったけど、何年も癌で痛がったり介護せねばならなくなるより、運がいいと思わない?」

そうとも考えられますかね、とあやふやに返した。さっぱりとした口ぶりでうそぶく。

「写真を見た限りじゃ、おらとは、天国と地獄……」

ふたりの村には、もう廃線になった線路が通っていたと聞いた。食堂車のついた汽車がやって来ることがあり、決まって、村の外れの山へ入ってゆくトンネルの手前で速度を落す。飢えている子どもたちは、その時間はいつも、我さきにとそこまで走ってゆき、煙をあげ近づいてくる汽車を待った。ボーイさんは、線路の周りに物欲しげに集まった痩せっぽちの子どもたちに気づくと窓をあけ、ほほえみながら白い手袋を嵌めた手を伸ばし余りもののパンを投げてくれるのがつねだったそうだ。

「うちは、裕福なほうだったから、お弁当を持ってゆけてたけれど。あるとき、腕白坊主たちに奪われてしまってね。フキちゃんに誘われて、ありつきに行ったの。坊主たちを蹴散らしてキャッチする名手でねぇ。沢山取ったのを、身動きできずにいた私に分けてくれた」

「男子より強かったんですね」

「そうね。赤ちゃんのほっぺたみたいな白いパン。あんな美味しいものは食べたことなかった……」

寝返りをくり返しているうち、私のまならには、擦り切れた着物をまとったお河童髪のむかしの彼女たちが、宙を舞うパンにほそすぎて骨の浮いた腕を伸ばす光景が浮んだ。袂《たもと》に詰めこめるだけ入れると、不敵に笑って頷きあい、草履履きの足を弾ませ駆けてゆく。

「いままでいちばん、不味かったパンはね、戦争が始まって、お国のための食糧増産、と勇ましいことをいって作らされた、笹の実のパン。山奥へ分け入って摘んできて粉の代りにしたの。笹藪《やぶ》のにおいがして、えぐくって、とても喉を通るものじゃなかった。……

それでも、私は田舎ですごしていたから、お米も野菜も作れたし、山菜やきのこ、木苺に桑の実、さるなし、あけび、川魚が採れた。ましだったわね」

六時にアラームが鳴り、朝食をすませタクシーに乗り停留所の名前を告げた。灯りのない家々に挟まれた坂をのぼってゆくうち、空は薄紫へ変わり淡いオレンジに透きとおり、雲が流れ、岩手山は黒々とした姿をあらわした。山肌が薄青くなる。

ブザーを押してもしずまり返っていて、ドアのチェーンは外れていた。忍び足で踏みこみ、フキさんの寝顔を覗いた。息をのみ眼鼻立ちをたしかめたらソヨミさんより整っており、守ってあげたくなるいたいけさを感じた。売られてさえいなければ、似たような老後を送っていたかもしれないけれど、向うだって、けっして幸せそうにはみえない。

昼間は、段ボールひと箱ぶんもある殺虫剤の中身を外で捨てた。室内へ戻ると、フキさんは寝そべって写真入りの本に見入っている。檸檬色の表紙はいたるところ破れてセロテープで修繕され、帯は、色褪せたのを巻いたままにしてある。茶色くなったページに赤線を引いたりメモを加えているのがみえ、長年、愛用しているのが伝わった。

「そのヨーロッパ料理の本、ソヨミさんの家にもありますよ。シャンソン歌手のお得意の、雪卵、っていうデザートを作ってくれました」

「おらは、外国へはいちども行ったことないまま死ぬんだろうけど。この本は、見てるだけで、フランスやイタリアへ旅して満腹になる気がして、好きなの。気力があった頃は、オニオングラタンスープを真似て作ったこともあったけどね」

温泉地では按摩《あんま》をやっていたのではと思わせる腹のふっくらとした深爪の指でページをめくってみせながら、フキさんは、いとおしそうな眼になった。ソヨミさんは、いままでにフランスの他にイタリア、スペイン、ポルトガル、スイスも旅している。南仏の海沿いやローマの老舗レストランでご馳走を堪能する写真の載ったアルバムも見せてもらった。それは言えない。

「東京にいた頃、女子大の寮で料理してた時期がある、って聞きました」

「あれは、工場から運ばれてきたおかずを温めて出すだけだったけど。料理するのは、嫌いじゃない、でも、いまは……、毎日、割引になったお弁当ですませてたって、これ一冊あればいい」

四時になるとフキさんは起きあがり、押入れから衣類の入った箱を引きずりだした。何着かの秋冬ものと下着を小ぶりのキャリーバッグに詰め替え、クリーニングの袋に包まれた焦げ茶の厚ぼったい布地のワンピースとコートを窓に吊るし、灰色の合皮の靴も玄関へ出した。ヒールはないけれどリボンがついていてよそゆきだとわかった。

「明日は布ごみだから。のこりは、ごみとしてまとめてくれる。おらは生協へ行くよ。あんたの夕飯も買うけど、食べたいおかずはある?」

リクエストを訊かれるなんて、好かれ始めている実感が湧いた。

「焼じゃけと卵焼きが入ったのを」

幕ノ内ね、と呟き、ゴム長を履いてビニール傘を手に出て行った。雨が降り始めた。私はひとりで、こめかみが痛くなる樟脳のにおいの沁みこんだ古びた着物に帯、夏ものワンピースにブラウス、虫に喰われ放題のカーディガンにセーター、スリップやパンツを袋に詰めつづけた。ソヨミさんから電話が来る。このタイミングの合わなさも、ふたりのずれのあらわれに感じる。

「フキちゃんは、どう。禍々《まがまが》しく真赤なきのこが届いたんだけど、メモもなにもなくて。毒じゃないでしょうね」

こみあげる笑いをかみ殺し揺らいだ口ぶりをしていた。

「お友だちの採る名人がくれたタマゴタケです。いまは買物に出てますが、さっき、仕上げの荷造りをしてたから、明日には連れてゆけるかと」

「じゃあ、ついに……、七十五年ぶりに会えるのね。正確な時間がわかったら、教えてね」

郵便はがき

料金受取人払郵便

小石川局承認

1100

差出有効期間
令和6年3月
31日まで

112-8731

〈受取人〉
東京都文京区
音羽二—一二—二一

㈱講談社
文芸第一出版部 行

ご購読ありがとうございます。今後の出版企画の参考にさせていただくため、アンケートにご協力いただければ幸いです。

お名前

ご住所

電話番号

このアンケートのお答えを、小社の広告などに用いさせていただく場合がありますが、よろしいでしょうか？　いずれかに○をおつけください。

【 YES　NO　匿名ならYES 】

＊ご記入いただいた個人情報は、上記の目的以外には使用いたしません。

TY 000072-2203

書名

Q1. この本が刊行されたことをなにで知りましたか。できるだけ具体的にお書きください。

Q2. どこで購入されましたか。

1. 書店(具体的に：　　　)

2. ネット書店(具体的に：　　　)

Q3. 購入された動機を教えてください。

1. 好きな著者だった　2. 気になるタイトルだった　3. 好きな装丁だった

4. 気になるテーマだった　5. 売れてそうだった・話題になっていた

6. SNSやwebで知って面白そうだった　7. その他(　　　)

Q4. 好きな作家、好きな作品を教えてください。

Q5. 好きなテレビ、ラジオ番組、サイトを教えてください。

■この本のご感想、著者へのメッセージなどをご自由にお書きください。

ご職業　　性別　　年齢

男・女　　10代・20代・30代・40代・50代・60代・70代・80代〜

声は昂揚し歌いだしそうにトーンがあがり、通話は切れた。

雨はフキさんが戻る頃にもっと激しくなり、ずぶ濡れで玄関へ入ってきて雫の滴るバッグを渡してくると、このまま、茂助さんのところへ風呂を借りにゆく、と言った。タオルに着替え、私がソヨミさんからおみやげとして託された有名パティシエのマカロンを、きのこのお礼にリュックに詰めて再び傘をさし出ていった。

蜜柑箱のまえに座り、しゃけもごはんもふやけたお弁当を咀嚼していると、生乾きの髪を古タオルで包んだフキさんが帰ってくる。これもいらない、と呟き、さっきまで着ていたものをぜんぶ、ごみ袋へ突っこんだ。


九時をすぎ、タクシーを呼ぼうと思いつつ、雨のなかへ出るのが億劫で終りのみえてきた片づけをつづけ十時になる。今夜は、昨夜より安いホテルを取るつもりで連泊にはしなかった。眠気が募り壁にもたれた。さきに布団に入りうたた寝をくり返していたフキさんが眼ざめ、黴《かび》くさい畳へ身を乗りだす。

「さすがに、おつかれじゃないの?」

ほだされ、そうですね、と素直に返した。向うの蒼ざめたくちびるがほころぶ。

「じゃあ、こっち来て。ひと晩、添い寝して頂戴な。お礼は払えないけど」

「いえ、お弁当、奢ってもらったから。さきに、お風呂へ行きますね」

靴下をぬぐと、両足の裏にタイルの床が貼りつき凍りつきそうにふるえる。昨夜の話がよみがえると、ざらついた声に操られ、むかしの彼女が一日に十回、二十回、味わわされたのと同じつめたさを、自分の身にも引き受けたくなった。眼を瞑り、脚を軽くひらき、シャワーそのものを下から当ててみた。敏感なひだに無数の水の粒が触れるなり、刺さりこむ羞恥と悪寒におそわれ栓を閉めた。

完全に排水口へ吸いこまれるまで、陰毛から腿を伝い薄青い床を流れる水に足を浸し立ち竦んでいた。その程度では、子宮が石と化すつめたさを砂粒ほどにも共有できた気になれはしなかった。

「じゃあ、お布団、入ります」

ためらいなく願いを受け入れたのは、さむさのせいだ。フキさんは、蜜柑箱の側へ身を寄せた。私は消灯し、反対からそっと、隣りへすべりこませてもらう。まっ暗くなった六畳間は、屋根を打ち軒さきから落ちて地面を叩く雨音だけが響き、いまにも室内にも雨が降りだしそうな錯覚に囚われた。寝返りを打ち囁いてきた。

「橋本さんは、仕事中、どのくらいくっつく？」

「日によります。寝つけないときは、おなかを抱いたり、髪、さわったり」

いやなんですが、と白状できないでいるうちに求められた。

「それじゃ、あんた……、おらを、抱っこしてみなさいよ。そうしたら、ふたりとも温まるし」

はしゃいで声がうわずって、胸もとに、荒くなった息がかかる。こうでしょうか、と自信なく呟き背中へ腕を回した。向うも、着ぶくれしているのに体は冷えきっていてつめたさがこちらへ移り身震いする。

思いがけず強い力でしがみついてきた。うろたえ、すりぬけようとして喰らいつかれ布団の外へ押し出されそうになり、眼を瞑り抱きしめ返した。腰を両ももで押さえにかかられ、それで力は出しきったらしくだらんとしていった。怖くない。

怖いわけがない。貧しい、気の毒なおばあさんだ。

「背中を撫でて頂戴……、あんたが、好きな男の子にするみたいに」

耳たぶに、葱《ねぎ》と正露丸の混ざったにおいの息を吹きかけられた。さりげなく身をよじって逃げる。

「好きな男子、ですか？　いませんよ。同学年は子どもっぽいし」

「欲しくもない？　色気づいてるだろうに。さては、想う人には想われないのね」

余計なお世話、と返そうとして、お金のために、いまのは当たってます、と不貞腐れたふうに認める。フキさんは、ふ、は、と押し殺した笑いを漏らし下がっていってこちらのおなかに頭を乗せ頰ずりした。私は、地蔵にでも化したつもりで耐えた。

微動だにしないでいるうち、自分は妄想は好きだけれど、じっさいには、このさきに好きになる男のだれにも、性器どころかくちびるさえ差し出せなそうな予感が芽生えた。度胸がないというより、もとからそういう性質なのかもしれないと考えていたら、感慨のこもった溜息が聞える。

「そう。……おらはね、だれかを、恋したりするまえに、商売で相手をしたでしょう。何百人も。殴る、蹴る、髪を摑んで引きずり回す客もいたし、逃げだしたら捕まって閉じこめられて、ごはん抜き。ぜんぶが、死にたいほどにきらいだった」

「でも、北海道で結婚を」

「食べてゆくためだと思って。毎晩、尻の穴から種つけ屋さんの手袋を嵌めた手を突っこまれる、牛、になったつもりで、やりすごしたものよ。でも、ほんとは、……いままで、だれにも言ったことなかったけど、おらは、主人とかなりゆきでつきあったどんな男より、モモちゃんが好きだったかもしれない」

「モ……モ？　どんな人」

風が吹き始めて波打つ雨音を聴きながら、うえにいるフキさんにどいてもらった。ならびあい、乱れてきていた布団を掛けなおした。向うはこんどは胸に頭を寄せてきて腰に腕を回す。私は背中へ回して、さすった。抵抗は消えていた。

ひたすら、互いにとってほどよいぬくもりだけを求めあっているうちに、ただずしりとのしかかるだけだった布団もやっと温まりだし、蒸発する汗やその他のにおいも気にならなくなる。氷原めいたアパートのなかでここだけは薄黄いろい光に満たされたドームに守られている心地がしてきた。フキさんが呟く。

「お友だちよ。……お友だち、だったけども。ねぇ、あんたは、おらにぴったりくっつかれて、ちっとも動じないのね。臭くない？」

お金のためだ。ぜんぜん、と答えた。

「髪も、さわっていい？」

背伸びし片手を泳がせるのが気配でわかり、はい、と受け入れた。流しに置いてあって私も使った、尿素入りハンドクリームのにおいの油っぽい指が毛を分け入り頭皮をマッサージするみたいにのぼってきて、つむじを探り当てる。

「いいね、……いいね。こうしてると、ほっとする」

くすぐったさが不快になってくると、自分は地蔵、と言い聞かせ、毎晩、鍛えられてますから、と返した。

「モモちゃんはね……、同じ村から、翌年の秋に売られていった、ひとつ下の子。働きさきが近くて、再会して、互いに支えあってたの。でも、向うは、年季が終るまえに病気になってね。そうすると、もう、用なしよ。父親が呼びつけられて迎えに来たけど、帰る途中の汽車で死んだ」

髪を梳かれながらうつ伏せ、考えた。売られた子がもしも、女を好きだったり、そうではなくても男と交わるのに向かない、肌の触れあいが極端に苦手だった場合、欲情ではち切れんばかりになった客たちの相手をするのはどれほどの地獄だったろう。モモちゃんが、私と似た性質だったら。

瞬間、指がはなれていってフキさんの気配は消え、私の耳には、東京から岩手へ走る夜汽車の、星空へ鳴る汽笛と規則正しく空気を刻む車輪の軋みが聴こえだした。村を出るときに着せられた、赤い晴れ着の十八くらいになった女の子は、老いた父の肩にもたれているうちに力がぬけてゆき、顔は蒼白く虫の息になっていって急速につめたくなる。

「お父さんは、じゃあ、死んだ娘を抱いて村へ?」

「いくら、……凶作、大凶作、飢饉がくり返しつづいてお米が穫れなくても、国は、おらたちのような者らは見捨てるだけだった頃の話よ。知らないうちに、戦争が始まって。おらの三番めの兄は中国、弟も、沖縄へ兵隊に取られて死んだって、ずいぶん経って判った。あっちで、……現地の人らに、恨まれることをしてなきゃいいけど」

再び、フキさんはつむじを探る。爪まで立てる。もがきそうになるのをこらえた。

「髪、あの子と似てるね。椿のにおいがする」

「シャンプー、合うのが見つからなくて。いまは、試供品で貰った椿オイル入りのを使ってて」

「売られた娘は、みんな、食べものが足りなくて艶とかなかったから。似てるのね」

好かれるためなら髪質に感謝した。

「おらは、モモちゃんより、おらが死にたかった。東京で、いちばん人が死にまくった空襲のとき……、アメリカの飛行機は、わざと、春の嵐の吹き荒れる日を狙って焼夷弾を撒いたんだってね。炎が早く広がるように。防空壕に入ろうとしたら、満員でね。おらは助かって、壕にいた人らは蒸し焼きになった。あのときも、死ねなかった」

「無事でいてくれて、よかったです」

「配給券を掏《す》られたり、田舎より、食べるものがなんにもなくなった時期も、体をね……、男たちに……、生きのびてしまった」

黒焦げの死体がそこらじゅうに転がる焼跡でも、どこかへ手を引かれては脚をひらかされていたというのだろうか。忘れませんか、と言おうとして喉に詰まった。受け止めるだけのほうがよさそうだ。だまったまま、呼吸が合った。再びずり下がっていって胸に額を押しつけるフキさんの綿毛っぽい髪を撫でた。

また、いやけがさし横を向いた。しがみつき、パジャマの裾から手を入れてきた。タンクトップを捲《まく》って肉の厚い手のひらでおなかを撫でまわし、胸へ向って這いのぼろうとする。おばあさんとはいえ、悪戯《いたずら》が過ぎる。手首を摑んだら悲鳴があがり、こちらは腕力で上回っているから暴力をふるった気分にさせられ緩めた。

「なによ、体……、減るもんじゃないでしょう。病気を移されず孕みさえしなければ」

「わかってます。たったひとりで生きてきて、尊敬します。でも、千葉へ行ったら歓迎されますよ。ソヨミさんはどれだけあなたに」

「会いたくない……、せっかく、迎えに来てくれて、溜まったごみ捨てまでやらせて、わるいけど、おらは、会うのが怖い。大むかし、あの人が昼めしを何日も盗まれてひもじそうにしてたとき、見てられなくて、パンをあげた。あとで、やるんじゃなかった、って悔やむことになった」

胸のふくらみの真下に片手を添えたまま、フキさんの声は歪み啜り泣き始めた。私の背を包むスウェット地は涙で湿りだす。

「村を出てから、何年かは、お嬢さんには、この世でいちばん惨いくらいの罰が当たってほしいと願ってた。でも、……いつからか、死んだろう、と思ってた。それなのに、いまになって、おらにないものをぜんぶ持ってる自分の暮しを見せつけてくるなんて。ぶっ殺したくなるよ」

　明日、ふたりを引きあわせたらなにが起こるのだろうと思い描こうとして鈍器で殴られたように頭が働かなくなった。ガソリンを撒かれ家は燃えあがり、ソヨミさんも道連れになる孫も一酸化炭素中毒で斃れる。壁の向うで風はやみ、雨音は穏やかになっていった。軒さきから滴り落ちる水音の向うで溺死をまぬがれた虫たちがつつましく啼き始めた。

「あの、……物騒、すぎます。いま、ソヨミさんを、お嬢さん、と呼んだのは、なんで。同級だったのに」

「村の、や、ま、地主の娘だったから。モモちゃんは、地主から山の木を買わされて炭を焼いておさめる、焼き子、の家の子でね。地主に、散々こき使われてお金を吸いあげられて、一家全員、餓死で全滅しそうに追いこまれたすえに、売られたのよ。おらは、桶屋の娘でさ。父が失明して売られた。モモちゃんが売られたのは、地主のせいだった」

「それは、ソヨミさんのせい、ではないでしょう」

「そうね。……せい、ではない。でも、親のしたことなんだから、高笑いして、知らないわ、という態度は……。おらは、モモちゃんの売られた理由を、東京で仲良くなってから知った。はらわたが、煮えくり返った。あの頃、村の娘たちは、けっきょく、お嬢さんをのぞき、みんな売られたのも知った。客によっては、こんなやり方で始まったものだよ」

いったん、へそのほうへ下がっていたフキさんの手は左胸へ持ちあがり、ささくれのある指さきで乳首を摘み先端をへこませた。周りの肌が粟立つ。花びらを毟《むし》るようにひねりあげられ、のたうちまわりたくなる痛みに叫びそうになって押し返し、布団を出た。流しの下に座り睨みつける。追ってくるようすはない。

「誤解してますよ、ソヨミさんは、いま、フキさんが言った事情はわかってて、自分も非があるんじゃないかって反省してる。手紙に書いてたはず」

「破って捨てたよ」

「もしも、あなたやモモちゃんを買った男たちにされたのと、同じ眼に遭わせたい、っていうんなら、それで怒りが晴れるなら、あの人は、進んで受け入れます。どんな、ら、乱暴だって……。私はそのために、ここへ、お遣いに出されたんだから」

「……どういうこと」

「千葉へ着いたらふたりきりになれるから、それが、ソヨミさんの望みだから、話しあったうえで、ふたりとも納得ゆくようにすればいい。私のことは、村にいた頃からのもつれに巻きこまないで。もう、あとかたもないんでしょう？」

闇の底で、世界文学全集の文字だけが仄かにひかっている。ソヨミさんは、チェーホフとサガンから人生を学んだ、というのが口癖だ。フキさんは、威厳のある見た目が気に入り拾ってきて飾っているだけだと言っていた。明日には、あれも捨てる。そんなどうでもよいことを考え、いま自分がむき出した、雇い主へ狂犬を放つのに等しい薄情さから眼を背けた。盛りあがった布団から力のぬけた笑いが漏れる。

「わかった。あんた、……とにかく、命令どおり、おらを向うに連れてゆきたくてしょうがないのね。そこまで、ご主人を好きなの？」

「好きだけど、べったりしすぎる添い寝はきらいです。ことわれないけど」

台所マットに座り膝を抱え、今夜はねずみたちのしずまっている天井を仰いだ。さっきの話からすると、梅毒で亡くなったらしく思えるモモちゃんとフキさんの命は紙一重だった気がしてきた。モモは、フキであってもおかしくなかった。

「そう……、そりゃ、大丈夫なんだろう、とばかり思ってたけど。ちがうの？」

「大丈夫じゃないです、でも、やらされることに。毎晩、笑ってこなしてるけど、内心は、つらくてしょうがなくて泣いて」

言いすぎた。疲れていて、訂正はしなかった。愉快そうに訊き返される。

「じゃあ、おらと同じ？」

「いえ、いえ、まるっきり……。爪の垢にも満たない、つらさです。ごめんなさい」

うなだれているとあくびまじりの声がする。

「あの仕事についたおかげで、おらは、ずっとずっと、村には帰れなかった。……噂になるし、嫁に貰う人はいねぇし、親族みんなに迷惑になる。たまに親しくなる人がいても、体から妙なにおいが沁みだしてるんじゃないか、いずれ、してきたことがばれてきらわれるんじゃないか、と怯えて遠ざけて、つねに、逃げるように暮すしかなくなった。その成れの果てが、いまだよ」

放課後の教室で、うつりそう、とののしられていたのは、じっさい、私からそれらしいにおいがしているせいではないかと気に病み、毎晩、えらく時間をかけ体を洗っていた時期があるのを思い出す。皮膚が荒れて剝けて止めた。なにも罪は犯していないのにちぢこまりつづけなければならない心境へ追いこまれたのは、いま、フキさんをかけらほどでも理解する助けになるなら、無駄ではない体験だったとぎりぎりいえる気がしてきた。

「私……、いつも、クラスの人たちにきらわれてた。どうしてでしょうね。くらべものには、なりませんが」

「寝よう。あんたのことは、気に入った。添い寝、で稼いでるなんて、甘ったれてる、と思ってたけど、甘くもないのがわかった。まぁ、あっちへ行ったら、お嬢さんのご機嫌はへませず取ってみせるよ。人さまを化かす狐みたいにね」

まならうに、月で見た、父親より老けているのかもしれないトラック運転手に裏切られる黒髪の姉のうしろ姿が浮んだ。そこに、カクテルのグラスを揺らす我妻さんが重なり、蟻地獄をさ迷う私もつづいた。真治さんの気まぐれの風向きによっては、おそわれたのは私で、我妻さんの声を求め絶縁されるまで電話をかけていたのは私かもしれなかった。

私たちは取り換え可能だった。

それから、布団には戻らないでパジャマにコートを着こみ、首にはインドの布を巻き、六畳間の隅に横になった。次第に、カーテン越しに洩れる光だけで辺りのごみ山のようすがわかり始めた。トイレへ立ち、風呂場の鏡を覗きこむ。三日間の旅で別人の青紫の隈《くま》を作りやつれきった顔が映っていた。


七時になるとフキさんも起きてワンピースに着替えた。光沢あるストッキングも穿いた。私は指示に従い布ごみの袋を両手に提げ外へ出て、赤まんまに囲まれた収集所へ次々押しこんでいった。だるい足取りで戻った。

マスクを新品に換えたフキさんは自分の掛布団に毛布、タオルケット、枕にシーツをそれぞれごみ袋に詰め、畳んだ敷布団には粗大ごみのシールを貼った。

「帰ったら、羽毛入りを買うよ。どこぞの御用達、みたいな高級品をね」

飾ってあった野菊を草むらへ放った。空になった小壜に食器、ラジオ、電話機、トイレや風呂掃除用のブラシは燃えないごみにした。ヨーロッパ料理の本も、新しいのを買う、と言って捨てた。あとには冷蔵庫に洗濯機、窓をおおったカーテンが残った。

フキさんはコートも着ると、天辺の平べったく禿げた頭に林檎模様のスカーフを巻いて首もとで結んだ。

「毛皮の帽子は冬用だから。東京には、こっちよね」

促され、さきに外へ出て歩きだした。アパートのドアが閉まった。鍵は壊れたままだ。ついてくる気配がなく、ふり返った。ドアに向いお辞儀していた。

キャリーバッグのローラーの転がりだす音がして、すぐ止まった。再び、ふり返って姿をたしかめた。布団に向って眼を瞑り手を合わせていた。遅れますよ、と注意すると、背を丸めバッグを引きずり近づいてくる。

屋根もベンチもない停留所で隣りあうと、胸を探られた指の、芋虫や樹皮を思わせた感触がよみがえって吐き気をもよおした。あれは、女相手の痴女、と呼んでよいのではないだろうか。なにかするとき、いちおう、確認を求めてくるソヨミさんとはちがう。私の意志は踏みにじられ、あやまられることはなく、あやまられたいとも思えない。いま、あちらはどう捉えているのやら、訊けないし眼も合わせたくない。

きのうよりつめたさの研ぎすまされた風が吹きつけ坂の向うを見やった。灰色がかった青い岩手山の頂上を隠していた雲がちぎれ、綿帽子を被ったみたいに雪がつもっていた。

バスがのぼってきて、ならんで座ると耳打ちされた。

「ねぇ、もしよかったら、お人形扱いする添い寝は止めてほしい、ってあんたに相談されたって、おらから橋本さんに言うけど。どうする」

「いえ、べつに。いいです。私のことだし」

昨晩のことの、せめてものつぐないでもあるように閃いて言いだした気がした。介入されたくない。フキさんは、でも、となおもなにかつづけたそうにこちらを見つめマスクのなかのくちびるを動かし、私は窓の外の林檎畑を眺めた。ひとつひとつの実の赤が深まった。けっきょく、言葉は途切れたままだった。自分でも、要らないお世話だったと思いなおしたのだろう。

盛岡駅に着き新幹線のチケットを買うと、待合室にフキさんをのこし、お手洗いへ行くふりをして電話をかけた。

「ソヨミさん、茜。東京駅着は一時半になります」

「こっちに着くのは二時すぎね。お昼の用意はしておく？」

「駅弁ですませようかと」

「フキちゃんは、そこに？　今夜はタマゴタケ入りの芋の子汁を作るつもり」

そっくりの猛毒かもしれませんよ、と忠告しようとして止めた。いまさら言いなおすのは気まずくてあとに引けなかった。フキさんは、食べたら、自分も死ぬ。

「ええ、文通だけで電話で喋ってないぶん、会うのがますます楽しみって嬉しそうにしてますよ」

それならよかった、と華やいだ声が聞える。いまだ。

「あの、当分、夜の仕事、お休みしていいでしょうか」

「お休み……？　まぁ、毎日、うだる暑さの日も台風の日も通って頂いていたものね。かまわないわよ。でも、今日の夕飯は、あなたのぶんも雉や兎の肉を取り寄せてあるけど」

喉を絞り、いえ、うちで食べます、と答えた。

「わかったわ。ひとまず、連れてきてくれるまで。よろしくね」

新幹線ではフキさんは、川、田んぼ、住宅街、田んぼ、流れる景色を夢中で窓に額を寄せ眺めていた。仙台駅で車内販売から買った牛タン弁当も、窓のほうを向いたまま平らげた。福島駅をすぎると、どちらもうたた寝に入った。向うは、私の肩に寄りかかって呟いた。

「おどっつぁん、ごぐ、ろう、でがんす。ゆる、して、……けろ」

声の底から木枯らしが渦を巻き吹きあがる。耳に注がれるなり、むしょうにかきむしるもの哀しい響きの訛りだった。お父さん、ご苦労さん。さきに去る不孝者をお許しくださいね。そんな意味に取れた。私の発するぬくもりをモモちゃんの老いた父に置き換え、モモちゃんになる夢を見ているのかもしれなかった。

椿油の香りを放つ髪を包んだスカーフを頬にこすりつけられながら、薄眼をあけると窓の向うは収穫の終った田んぼがつづいていた。白さぎに青さぎ、鴉《からす》の群れも舞い降りる。空には、一羽ずつが釘くらいにみえる鴨たちが隊列を組み羽ばたいてゆく。

寝言は途切れがちにくり返され、そのたび、雲の彼方へ攫われてしまいそうなやるせなさが吐き気にまさった。ともに眠り、眼ざめたら上野まで来ていた。

江戸川を渡り駅の外へ出ると排気ガスのにおいが鼻腔を刺した。東京駅に降りてからひとことも喋らなくなっていたフキさんは、通りかかった銀杏の樹の下で立ちどまった。さきへ進みかけた私を、待って、と呼び止め、キャリーバッグから手を離し腰を屈めようとして、つッ、痛そうに呟きこちらを見あげる。息をできなくさせるしゃがれ声で囁いた。

「ヨメナがあるじゃないの。摘んでくれる」

指さすさきを見おろすと、野菊が汚らしく咲いている。どれも煤けながら、張りを失いつつある淡い紫の花びらが辛うじて揃ったの、喰われたように何枚か欠けたの、ぜんぶ散って黄いろい芯だけのこったのとが混ざりあっていた。毎秋、ここに咲くのか、ことし初めて根づいて咲いたのか、いままで眼に留まったことがなかった。

「モモちゃんは、春はすみれ、れんげ。夏は宵待草。秋になると、ヨメナを耳もとに挿すのが好きだった。夢二の絵に描かれていそうな美人さんだったよ」

捻《ねじ》って折り取り、突きだした。眼をほそめコートのポケットにしまった。近辺に野原はあるか訊かれ、埋め立てられ家や駐車場へ変わっていった話をした。

「それじゃ、道端のでかまわないよ。歩こう。お嬢さん、……盛岡のお菓子は、ドミニカン修道院のガレットが好物だなんて書いてたけど。買い損ねたし。せめて、ふるさとらしい花を」

ロータリーから路地をぬけパチンコ店のまえへ出た。玉の流れる音が鼓膜を痺れさせ、ふり返ると、フキさんは、点滅し始めた信号を渡りきったところだ。空を仰ぎ待った。うろこ雲が広がっていた。

「赤とんぼを、一匹も見ないねぇ」

息を切らし真後ろまで来たフキさんの呟きを聞き、歩き始める。待って、と再び呼ばれ、次は月極駐車場のまえで立ちどまっている。アスファルトの割れ目から赤まんまが噴き出るように咲き誇り、墨色のへどろのこびりついた側溝の縁には、名を知らない薄桃の金平糖っぽい花が群れていた。

「ママコノシリヌグイは棘だらけだから、赤まんまだけお願い」

車が出払っているとき、奥のほうで、外回り中らしい背広の男が放尿する姿を見かけたことがあった。そちらにも咲いているけれど遠ざけ、ここのも、犬がおしっこを引っかけていそうだと気になりながらフキさんに差し出すと、にんまりと笑いもぎ取る。

「ママコノ……、どういう意味」

「むかしは、継子《ままこ》は、とことん虐げられたものだから。あんなので尻を拭いたら血だらけになるよね。おらは好きな花だよ」

住宅街へ踏みこみ、不動産屋の看板が出ている草むらにさしかかると、野菊と赤まんまにくわえミズヒキを手折った。フキさんはぜんぶの花を束ね、萎れかけを排除した。整った花束を両手で持ち、私が荷物を引いた。庭のない、白とカフェオレ色に塗られた三階家の裏側へ回りインターホンを押す。は、い、と用心深い声がした。

「茜です。連れてきました……、遅くなりました」

スリッパが廊下を滑ってきてサンダルを突っかけ玄関へ降り、覚束ない手つきでチェーンが外れ鍵があく。ドアからソヨミさんが、ふだんより気合を入れ化粧した顔を覗かせる。フランボワーズのムースっぽいまろやかなピンクのタートルネックに瑞々しくひかる真珠の首飾りが似合っていた。フキさんが鼻さきへ恭《うやうや》しく花を捧げる。

「お嬢さん。お眼にかかれて光栄です」

ドアがもっとひらき、ソヨミさんは瞳を瞠《みは》り花束を受け取り、伸びあがって自分の頬や耳たぶに触れさせた。

「まあ、なんて、めんこい。けさ、摘んだの？」

「近所の河原が、いま、いちめんの花野だから。この子に手伝ってもらってね」

フキさんはしゃらっと言い玄関へ入り、私は、ふたりが丸く収まるよう願い外側へ身を引いた。

「さぁさ、あがって。あなたは、ほんとに、田川フキ、よね？　マスクなんか取って、お顔を見せて」

「んだけど、新幹線で見たニュースによれば、早ぐもインフルエンザが流行りだしてるって言うがら」

フキさんは、さきほどの腰痛は吹き飛んだらしく屈んで靴をぬぎ、廊下へあがる。新しく用意されたテリア犬の毛なみを思わせる温かそうなスリッパを履き、壁に貼ったシャガールの空飛ぶ恋人たちのポスターや花瓶の臙脂《えんじ》のダリアを見回し、天井を仰ぐ。

「ここ、建てた長男さんは、金融の仕事を？　見事な家だなっす」

「そうみえて、手抜き工事で壁が薄いのよ。ねぇ、雁月《がんづき》、という岩手の胡桃《くるみ》入り蒸しパンを作ったから、茜ちゃんも、お茶っこだけつきあわない？」

台所から黒糖っぽいこうばしく甘い匂いが漂ってくる。遠慮した。

ソヨミさんは居間へ引っこみ、パリの蚤の市で買ったのよ、とはにかみ、アールヌーヴォー風の夕暮れ時の森の狩猟風景が描かれたちいさめの壺に水を注ぎ持ってきた。花束を飾ると誂《あつら》えたようなサイズ。おら、パリは行ったことない、シャンゼリゼって名前の美容室には通ってたけど、とフキさんが呟き、憧れのこもったまなざしをしていて狐ぶりに感心する。

七十五年の時を飛び越え向いあったふたりは涙ぐんでみえた。お互いを、潤む瞳へ閉じこめてしまいそうに見つめあい、両手を取りあった。お嬢さん、とフキさんから咳払いしあらためて呼びかけ、私には、地主の娘めが、と言いたげな厭味が棘をひそませ響いた。ソヨミさんもなにか察したのか、身を引いた。口もとをおおい品よく吹きだす。

「村で同級だった頃は、ソヨちゃん、だったでしょう。戻してよ」

「モモちゃんが、そう呼んでたから」

「モ、モ……、だれ？」

「同じ村のいっこ下の……、憶えてない？　まぁ、しょうがねぇか。手紙を貰ってから、いっぺん、図書館へ行ってたしかめたけど、おらたちの生き別れたのって、ま、ん、州事変の頃だもんね。気にしねぇで」

会話はなごやかに変わってゆき、私は、失礼しますね、と呟き背を向けた。茜ちゃん。もういちどソヨミさんに名を呼ばれ、ふり返った。

「お仕事については、また電話するわね。いつも、……いつだって、あなたの幸せを祈っています」

そんなふうに言われたのは初めてで、一瞬、沁みいったものの、そう口にしておけばいままでしてきたすべてを許されるとでも軽くみられている気がした。ペット扱いはもう終りだと自分に言い聞かせ快活に頷き笑い返した。向きなおったら、背中のうしろでふたりは抱きあったようだ。

「ソヨちゃん……、いいかまりっこ、するなぁ」

「ウィーンの薔薇の香水。よかったら、あなたにも、未開封のをひと壜あげる」

囁きあいを聞き取り、うしろ手でドアを閉め、私は自分の家へ向い歩きだす。依頼のお礼についてはひとことも切りだされずこちらからも訊けなかったのに気づき、このまま、なにひとつ貰えなそうな予感がよぎった。駅に着く頃、母から、夕飯の支度を代ってほしいとの電話があった。

主菜はお惣菜にしようと精肉店へ向い、揚げたての唐揚げ、メンチにハムカツを眺めた。決められなくて八百屋へ入った。特売の大根やキャベツを物色する。いったい、ふたりはどうなるのだろうと早くも胸に黒雲が垂れこめていった。

＊

あの日の夜から咳が止まらなくなった。家にある咳止めは効かず耳鼻咽喉科へ行った。風邪、とのことで飲み薬が山ほど出て、翌週になっても咳は出つづけ、腫れは引いてるのにねぇ、と首を傾げられた。内科でも、異常はない、と言われた。

私が添い寝に行かなくなってからも、母は昼間にソヨミさんのもとへ通っており、ふたりは片時も離れたくなさそうに仲睦まじくしている、と聞いた。食事は交互に作っていて、山形県産の菊の花がお気に入り。黄や紫のを、胡麻《ごま》や胡桃と和えたり蕪《かぶ》の浅漬けに散らしたり、炊きこみごはんや汁ものにも入れる。

例のお礼については、母に尋ねてもらうわけにもゆかず、通帳を見せられたのは日に日に白昼夢だったように感じだした。電話し請求する気力も湧かない。仕事も、呼ばれないのなら遠ざけておきたい。咳は治らないまま十一月に入った。次にかかった耳鼻科では、喘息ではないようだが、試しに、と吸入薬を処方された。ひと瓶を使い切る頃、いくらかましになった。

翌週、母のほうへ、フキさんから連絡があった、と聞いた。

「春になるまで同居することになったそうよ。もうこの町に慣れて、家事は自分がこなせるから、当分、来ないでいいって」

「おばあさん同士、共倒れにならないかな」

「そうなりそうなら、頼るって」

真夜中に、手足を縛りあげられ、口もとは粘着テープか布を頑丈に巻き塞いだ状態で、フキさんに置き去りにされベッドに転がされているソヨミさんのシルエットを夢に見て、ひどくうなされ眼ざめたときがあった。毛布にくるまりなおしつづきを考えた。

二階の居間では、美形俳優と似た孫が、買って呼んだ女の人と体を絡ませているところで、床下から、懸命に身をよじる祖母がベッドを蹴る音を聴き取る。孫は、空耳だよ、と無視して腰を動かしつづけようとするものの、彼女は放っておけない。いったん止めましょう、と客を押しのける。

ふたりで階段を降りてゆき、寝室の灯りを点け、人間の芋虫になったソヨミさんを見つける。涙を流し赤らんだ瞳は、長いあいだ刺さりつづけてきた罪悪感が抜きとられた悦びをひそめ、十字架に磔《はりつけ》にされた殉教者を思わせる。

房総半島へゆく青い列車に乗った彼女たちの姿をまならうらに描くこともあった。ボックス席に向いあい、村のおかずを詰めた弁当箱を広げ談笑している。脳みそがしっかりとしているうちに死んでしまいましょう、という望みをふたりは共有している。ふたりなら成し遂げられる。あるいは、ソヨミさんを崖から突き落としフキさんだけが生きのこる。警察の調査次第では、私は、フキさんの共犯になるのだろう。

十二月に入ると、砂埃を撒き散らす北風が吹き荒れるある日、耳鼻科の帰り、ソヨミさんと花火を見たマンションへ寄り道した。年明けから解体工事が始まるそうでロープを張り巡らされていた。

江戸川にも行った。ブルームーンでかかって好きになったジョニ・ミッチェルの、藍色に暮れゆく窓辺を思わせる声でうたわれる曲を口ずさむ。自転車から降り、風が渡るすすき野原の向うを流れる川を眺める。銀灰の水面に、空に散らばる雲や弧を描く鉄橋、そのうえを走る車の影が映り揺れている。

ブルー。曲名でもある色の名前を、いまいるここから抜けだしたくて腕を伸ばすイメージで呟き見あげるたび、宇宙へつながる空の青は深くなっていった。携帯が鳴りだし、液晶にひかっているのはソヨミさんの番号だった。留守録になるまえに応じた。

「はい？　……どうしてますか」

知らない男の声が返ってきた。

「あ、茜さん、でしょうか。いま、祖母の住まいからお電話しています。初めまして。ぼくは、橋本ソヨミの孫の、優《すぐる》、といいます」

表札で見かけた漢字を憶えていた。丁寧な話しかたで、訃報だろうか。ぐらつく足もとに力を入れ訊き返した。

「初めまして。ソヨミさん、なにかありましたか。仕事は秋からお休みしてて」

「ええ、知ってます、じかにお話ししたいことがあるんです。土日のどちらか、うちまで来て頂けますすか」

「お話？　どっちも、空いてるけど」

「ありがとうございます。あと、村で友だちだったおばあさん、を連れてきてくださったのは、茜さんですよね？　家捜しを依頼した業者は連絡がつかなくて。住所を教えてもらえませんかね」

「祖母は、命には別状ないですが、……食べものを受けつけず、入院してます。茜さんには、置いたままの私物を取りに来てほしいんです。よろしくお願いします」

約束した午後三時、ふた月ぶりにソヨミさん宅へ向い自転車を漕ぎながら、水曜の孫の電話を思い起こした。フキさんがいなくなったことは説明されなくてもわかった。

骨と皮だけになるまで痩せほそり、色づき始めた紫陽花っぽい薄紫のアイシャドウを塗ったまぶたを閉じ寝息を立てている元雇い主の顔が脳裏に浮ぶと、もっと、芯からあたたかくふるまえた気もして後悔がよぎった。とんでもない。私は、できる限りの孝行をした。

戦中の東京は、田舎より食べるものがなくなった、というフキさんのぼやきがよみがえった。信号が赤になりペダルを止めた。ソヨミさんは、フキさんみたいに飢えようとして失敗した気がしてきた。氷のうえを歩かされるみたいだった風呂場で、性器を水洗いしようとしてたちまち止めた自分の情けなさを、いま、安全に管理されたどこかの病院のベッドで点滴により生き永らえている彼女に重ねた。

それはどちらも、だれに強制されたりそうなるしかない状況へ追いこまれたわけでもなく、みずから進んでした行為だ。フキさんが聞いたら、ふざけてる、あんたたちのはお遊びみたいなものだね、とあきれ返り笑うかもしれない。

「空想するだけで、わかったつもりになんてならないでよ」

フキさんとならんで、我妻さんも、尖らせたくちびるを上向きにして煙草の煙を輪のかたちに吐きだし、笑う姿が浮んだ。その口ぶりは、いったい、ひややかなのかぬくもりのこもった響きなのかは決められなかった。思い描くたび、微妙に異なる笑いかたになった。

使わなくなった携帯はいまも抽斗《ひきだし》にあるものの、バッテリーが寿命でデータをたしかめられなくて、もしも、番号がわかりかけなおしたとして、向うも新調しつながらなくなっているだろう。下の名前をくっつけネット検索しても彼女らしい情報は見つからなかった。

角を曲がり住宅街へ入った。おみやげの花を摘んだ草むらは家を建てる工事が始まっている。そのさきに佇む、ヴィンテージのスキー風ジャケットの男と視線が合った。茜さん、と尋ねてきて会釈し手を振ってくる。

「ぼく、ソヨミの孫です。お忙しいなか来てくださってありがとうございます」

「初めまして。仕事……、私も、辞め時かな、と考えてました」

「すみませんね。午前中は、香港ツアーから帰った母がお見舞いへ行ったんです」

二階の窓の向うにエプロンをつけた人影がみえた。掃除機をかけている。

「ぼくは、幼い頃は岩手へ夏休みをすごしに行ってはは、川遊びにつきあってもらったり、甲虫を捕まえに夜の雑木林へ連れられてったり。いつだったかの夏の自由研究は、祖母が向うの藁《わら》をこっちまで取り寄せてくれて。編んでくれた雪靴が校内コンクールで優勝したんですよ」

「藁で？　靴とか、作れるんですね」

「でも、ぼくが大学を卒業して就職に困ってる辺りから、なぜか態度が変わって。こっちは仲直りしたくても避けられるばかりでした」

孫の接しかたは、ソヨミさんが階下にいるのもかまわず女を呼ぶなんて信じられなくなるほど、私に誠実な印象を与えた。フィッフィッ、宙に滲むホイッスル風の鳥の声が降ってきて、主を探した。孫も同じほうを見あげ、指さす。

「ジョウビタキですね。去年まで連続で渡ってきてたのは、地味めの雌でしたが。今年は雄がシベリアから来たんです。雌は、死んだのだろうな」

電線にあざやかな柿色をしてふくらんだおなかの目立つのが一羽いて、空へかざした黒い尾を敏捷に上下させている。この鳥の名を教えてくれたのも、祖母でした、と孫は呟き、私を家のほうへ誘った。鍵はあいていて玄関へ入った。

壁のポスターはモディリアーニの薄水の瞳の女に貼り替えられ、ソヨミさんのサンダルとフキさんのよそゆきがならんでいた。よそゆきはくたびれて片方のつまさきがめくれあがっていて、使い物にならないから置いていったのだろう。空気のなかに沈んでいる、入浴剤のラベンダーに仏間のお線香、流しのほうから仄かに漂う味噌、醬油、ママレモンの混ざったにおいに胃痛をおぼえる。フキさんはここでもあちこちで漏らしたのか、除去しきれていないおしっこのそれも嗅ぎ取った。

「ぼくは、待ってますので。荷物を取りにあがってください」

いつも、季節ごとに、チューリップやトルコ桔梗の飾られていた沖縄の海を連想する瑠璃色の花瓶の消えた靴箱から、自分用のスリッパを出して履いた。お手洗いをふり返った。ドアは閉まっていた。

洗面所は変わりなく、台所と居間はカーテンを引かれ、うす暗い。気になって覗くと、食器棚にならんでいた、源蔵さんと買い集めた陶器などの焼きもの、硝子のものがあらかた消えていた。代りに、それらの残骸が押し込まれたごみ袋が床に積まれているのがわかり、息が止まった。瑠璃色の破片もあった。どの袋も太マジックで、割れもの注意、と書かれている。

廊下へ戻ったら、孫はこちらへ背を向け玄関マットに座り携帯をいじっていてゲームの電子音が聞える。寝室のドアをあけた。ここも暗く、天井の灯りを点けた。もみの木柄のカーテンはそのままで、ふたつのベッドは整頓され、ソヨミさんのサイドテーブルには、干からびた草が水のない埃の溜まったコップに挿してあった。萎れて白茶けて、消し滓状にねじれた花びらが芯を取り囲み縮んだ野菊に、鉄色の赤まんま、黒ずんだ花が点々とのこったミズヒキ。下の抽斗に、手紙や日記、旅さきのアルバムや絵葉書のコレクションがしまわれているのを私は知っていた。

一段ずつ、あけた。見つかったのは、なにかに挟んでいたのが落ちたらしい一本の四つ葉のクローバーだけだった。

押入れを兼ねたクローゼットをあけた。秋冬用の洋服やコートが吊り下がっていて、いずれ、東北地方で大きな災害が起きたとき、被災した方へ送るつもり、と話していた源蔵さんのオーダーメイドのジャケット類もある。隅の籠に押しこめた私のパジャマや部屋着、生理用品を、用意してきた紙袋に詰め、扉を閉めた。死ぬまで、ここへ来ることはない。洗面所へ寄り、歯ブラシや何やの入ったポーチも袋に入れた。玄関の孫が立ちあがってほほえむ。

「台所、どうしたんですか。ひなぎくの絵のティーカップとか、好きなのあったのに」

「ぼくは、祖母が倒れるまで一週間ほど、関西へ研修に行ってまして。帰ったら、ひとりぼっちになってて、器はああなってたんです。私がやったの、って笑うんですよ」

「は？　……自分で？　価値のあるのもあったと思うけど」

　孫は手を合せ頭を下げてくる。

「茜さん。……お仕事のこと、ぼくからも謝ります。自分じゃ直接言えないから、あのお友だちに話してもらえるよう、頼んだそうですね」

「どういうわけでしょう、それは」

「態度には、おくびにも出さなかったけど。物凄く厭で厭でたまらなかったのに、我慢してやってたみたい。私は、大、大、大っ嫌いだった父が村の人たちを牛馬より下がる扱いで働かせてなんとも思ってなかったのと同じで、あの子が、私のお願いを苦しんで受け入れてるのに、気づいてなかった。いや、ほんとうは察してたのに、手放せないゆえに、わかってないふりをしてた。祖母は、……母に、涙ながらにそう訴えてたそうなんです」

　バスのなかで口止めした。いいです、と拒んだ記憶はたしかなもので、ただちに、きのうの光景みたいに再生できる。それなのに、ありえないほど誇張し告げたようだ。私は胸の底ではこうなることをぼんやり望んでいた気もして、いえ、あの人にはなにも頼んでませんけど、と返す声がふるえ掠れる。

「紹介してくれたお母さまにも、面目ない、って打ちひしがれていたそうです。許してもらえますか」

「いや、私は、抵抗とかあったわけでは。いつも、ごちそうしてくれる朝ごはんもお茶も美味しかったし、楽しみで通ってて」

大好きでしたから、とつづけようとして、浮べる笑みは引きつり、真治さんについてそうくり返していた我妻さんの声が耳にこだまする。大好き。大きらい。一秒ごとに相反する感情がこみあげ渦を巻き、どちらかへふり切るほうが解放されそうで、それはいっときの誤魔化しにしかならないようで口ごもった。

でも、田舎の肉ぬきの古臭いおかずばっかりでしょう、と恐縮し呟く孫の顔はさっきより蒼ざめてみえ、いまの、それだけは嘘なく発したつもりだった、美味しかった、というひとことはお世辞と受け止められているのが伝わった。美味しかったですよ、ソヨミさんがとくに好きだった、夕顔の実を油揚げやこんにゃくと煮たのや、米不足のときの定番だった大根めしも、ダイエットにいいし、などとむきになりつけ加えるごとに、孝行で美味しがってあげていたように記憶が塗り替えられそうで、腋《わき》が汗ばみ振り払う。孫は台所を指さした。

「あれらは、いままで、八十九年ぶんの自分自身にむしゃくしゃして割りまくったらしいです。物に当るなんて、ぼくは最低だと思いますが、祖父母が買ったものだから。どうしようと自由だけどね」

おかしくなったとして、私のことだけが原因ではないはずだと自分に言い聞かせる。あの人にとっては、自分とくらべ、長いあいだあまりにも痛めつけられてきた友だちと密着しすごすのは、悔いがぬけるどころか、さらに沢山の刃の刺さる日々だったのかもしれない。

「それで、……気は、すんだのでしょうか」

「すむわけないですよね、自己嫌悪が増すだけで。看護師さんには、夜の見回りのたび、惚けたい、惚けてぜんぶを忘れたい、ってうなされてる、とも聞きました。ほんとうに惚けたら、そんな独りごとは言わないんじゃないですか。あいにく、頭は、入院まえと変わらず冴えたままです」

「フキさんは、どこへ行ったんでしょう」

会いにゆくときに貰ったメモは捨てた。名前が出たとたん、孫の瞳は穢らわしそうに翳り、向いあうと元の笑みに戻っている。

「祖母は、……病室で、あの子のひっつみなら食べられる、理想の舌ざわりだから、とわがままをぶちまけていて。すいとん、のことですけど、粉をこねて作る名人だったそうです。文通、していたと聞きましたが、向うから来た手紙もあのばあさんが焼いたのだか持ち去ってしまって、茜ちゃんに教えてもらえ、って言うんです」

「私は、フキさんには、……なにも頼んでないです。なんにも。仕事の延長で、サービスのつもりで、ソヨミさんの依頼どおりに引きあわせただけで」

「わかりました。来週、秋田出張するので盛岡にも寄ろうかと。住所を、よかったら」

手帳のメモ欄に、わざと、ひとつずれたバス停の番号を書いた。貧血を起こしそうでシャープペンシルを持つ指に力をこめ、部屋はB棟一〇一にしておく。

「助かります。いるかいないか判ったら、また連絡しますね。あと、これ、退職金、といえばいいのか……、祖母からです」

茜さまへ。まちがいなく、ソヨミさんの愛用する万年筆で彼女の字で記された封筒には、赤ら顔のサンタクロースのシールが貼られ、十万円が入っていた。交通費は別に支給されたのだから、三日間、さむさに耐えてごみ捨てと掃除を手伝い、ひとりのおばあさんを連れて帰るだけの仕事料としては、高すぎて思えた。

あとで検索すると、私が教えた停留所から出発するバスが最後に着くのは、青い濃淡の山なみに囲まれた盛岡の街を見渡せる展望台だった。一週間、二週間、私は自分の携帯に孫からの電話かメールが来るのを待った。アパートはもうどこにもありませんでしたとも、雪の岩手山が神々しかったですとも、なんの報告もなかった。

＊

二十の春、私は、貯めておいた夜の仕事代をもとに簿記の学校へ通い始めた。家の事情により返さなくてよい奨学金も貰えることになった。

私大の文学部で映画史を専攻したいと憧れた時期もあったけれど、卒業しても映画に係る仕事に就けるとは限らない。ボリス・ヴィアンを研究した弘田さんがいまやっているのは派遣の事務員だ。四十をすぎ、正社員だった経験もあるのに、私と変わらない齢の子たちと同じ条件で働き、給与だけでは家賃を払えないから週末は近所のスナックでお手伝いをしている。

私も、たとえ借金をして予備校へゆき大学へ進んだとしても、弘田さんみたいになる、と考えるようになった。それなら初めから借金は背負いたくない。手に職をつけたい。

この春は、どこを歩いていても、道端に咲くたんぽぽやすみれ、れんげ、シロツメクサに眼が留まる。立ちどまっては、季節ごとに手折ったちいさな花を耳もとに挿しお客を迎え入れていたモモちゃんの姿を空想する。切れ長の、栗鼠《りす》みたいにつぶらな、あるいはフランス人形風の瞳。丸っこい鼻、澄まし顔の似合うつんとした鼻。桜貝っぽいおちょぼ口、牡丹の花びらを思わせる肉厚なくちびる。そういったパーツを福笑いのごとく組み合わせた、あらゆる眼鼻立ちの彼女。

一年経ち、すこしは将来について考えられるようになったのだから、稼いだお金を自分のために使うことを許されなかったモモちゃんに代表される娘たちとちがい、私の添い寝には意味があった。逃げみちを閉ざされていたモモちゃんたちとはちがう。足もとの花を見おろすたび、瞬間、私の知らないところで斃れていった人たちの声に耳を澄ます心境になる。

いまも、よくよく注意すれば、ナイフや虫ピンのごとくこちらを刺す声はそこらじゅうにあるはずだ。お惣菜を買う商店街の裏のビルには、町内で一軒きりのキャバクラが入っている。熱帯魚、という名のその店へ吸いこまれてゆく、金髪や白いミニスカートのスーツ、ピンヒールの女たちのうしろ姿に、私は、モモちゃんを重ねてみるときがある。あっけらかんと笑い、自分で選んでやっているのだからいっしょにしないで、と否定するだろうか。自分と同じ、と打ち明けられるだろうか。入口には黒服の男がうろついていて、私は彼女らの身の平穏を祈り通りすぎるだけで、とても、じっさいの声は聞きだせやしない。

ひな祭りの頃、ソヨミさんは退院し、一階には夫のいない家政婦が娘を連れ住み込み始めたと母はヘルパー仲間から聞いてきた。車椅子になった。

我妻さんがバイトしていたカフェはギャラリーに変わり、五月の休日に吉祥寺へ行ったとき、初めて立ち寄った。半地下の空間へ、気取った観葉植物の植木鉢のならぶ階段を降りていった。

若い写真家が、子どもの生まれた自分の家族の四季を追った記録が展示されていた。雪の朝の出産から始まる。そら怖ろしくなるほどにぱっくりとひろげられた脚のあいだから血と羊水にまみれた赤ちゃんの真赤な顔がのぞき、へその緒を切って取り出されるまでが撮られていた。

春は、満開の桜の下でピクニック。夏は、実家のある海辺で泳いで夜はバーベキューと花火を楽しみ、秋は祖父母たちもまじえて山の温泉宿へ、成長してゆく赤ちゃんは露天風呂で青みのあるお尻をぷっくりとのぞかせ、瞳をかがやかせ笑って浮いている。父親である写真家は料理好きで、ログハウス風の自宅へ友人たちを招きパーティーをひらいては、みんなで囲むごはんのようすもしょっちゅう入る。得意はイカスミ入りのパエリア。

知りたくもない見知らぬ一家の充実した暮しを見せつけられるのに辟易《へきえき》した。硝子のドアから射すシフォンめいた光を見やった。ここで、名物だったらしい北欧の花のジュースやランチのボルシチセットを運んでいた我妻さんの、機敏に立ち回っていたのであろう姿が浮んだら、動けなくなった。

真治さんに引き裂かれた。会わせてくれたのも彼だった。

「あの、気になったお写真は、ありますか……か？」

受付の女に訊かれ、見回したら客は自分だけになっていて我に返る。いえ、また来ます、とだけ呟き、路上へつながる階段をのぼった。

外の空気をすったら、苛立った自分がみにくく思えた。妻にも赤ちゃんにも罪はなく、わるいのは自慢の滲むように撮った写真、と言い聞かせる。たぶん、我妻さんが隣りにいたら毒舌の評を聞かせてくれて、ふたりでおなかが破裂しそうに笑った。いまは、ばらばらの方向へ漂流してゆく。


目当ての映画館の下にある喫茶店へ入った。カフェラテを頼み、医療事務の試験用の参考書をめくっていると、あれ、同じ学校の、と呼びかけられる。

ふり返ったら、米軍の放出品風のカーキのジャンパーを羽織った林さんがいた。大学を卒業後、建設会社で営業マンをしていたものの体を壊し辞めて、別の仕事を目指すことにした、と自己紹介していた。手には花屋のセロファンに包まれた檸檬色のフリージアを持っている。

「アンゲロプロスの『霧の中の風景』見に来たんですか。あと四十分ありますね」

ギリシャ出身の監督の名をよどみなく挙げ、ほほえまれた。私はその通り、父親を捜しに無謀な旅へ出た姉と弟は、最後、どうなるのかスクリーンで知りたくてここへ来た。

「あ、いえ、さっき、あれを見終わって」

近くに貼られた、先月、渋谷で見たイラン映画のポスターを指さした。ああ、と林さんも自分もすでに見たと言いたげに呟き、いま、勉強中ですもんね、と気遣ってはなれた席に座ろうとする。いえ、どうぞ、と私は参考書を片づけ向いの椅子を指さした。向うはキャラメルカフェラテを頼む。

「お名前、梛木さん、でしたっけ。アート映画好き?」

「はぁ……、メジャーなエンタメはまず見ないので」

眼鏡の奥から意外そうに見つめる視線を感じると、修学旅行の夜に初めてブルームーンへつづく階段を降りていったときに履いていた若草色の靴の弾んでいたようすが脳裏を占めた。捨てられなくて靴箱にしまっている。赤いリュックの揺れる背中へ向って、そっちへ行ってはいけない、と引きとめたくなり息が詰まる。

「アンゲロプロスは、どうですか。ぼくは、これからやるのいちばん好きです」

のちに姉を犯す男が出てきたら席を立ちたくなる予感におそわれた。いまは、知っている人と見たくない。

「借りたこと、あるけど、眠くなって気づいたらクレジットが流れてて。相性が合わない、っていうか」

貶《けな》すつもりはなくてうつむくと、ぼくにもそういう監督はいますよ、タルコフスキーとか、と屈託なく返され、むっとする。表情に出たのだろう。あ、好きだったらすみません、即座に謝られ吹きだしかけ、その拍子に緊張はほぐれた。

「今日も、見ても寝ると思います。だから、いいんです。あれ、ラストはどうなるんですか」

「ふたつの受け取りかたができるよう、撮られてるんです。ボートに乗って国境を渡ろうとして、暗闇の向うで銃声が響きます。でも、場面が変わったら、ふたりはまっ白い霧のなかにいて。無事に朝になり、霧は晴れてゆく。殺されちゃって天国にいる」

ポスターのなかの、明日にはよいことが待っているのを信じたそうにくちびるを結び心ぼそさを押し隠し宙を見あげる、ニット帽から毛さきのはねた黒髪を伸ばした姉と弟を順に指さす。ハッピーエンドだったら万人受けを狙ったようで、かえって、腹が立つところだ。

「もうひとつは、銃弾をくぐりぬけ対岸へ辿りついて、ドイツに不法入国成功。お父さんが迎えに来るのかな」

「それはきっと……、見る人の、願望なんでしょうね」

さあね、スクリーンでたしかめてください、と林さんはとぼけた。予定通り見てもよい気がしてきて振り払い、カフェラテを啜り顔をあげると、真面目ぶった眼つきで、しぃっと口もとに人差し指を当てている。おかしな人だ。私はフリージアを指さした。

「その花は」

「さっき、半額で叩き売られてて。お供え用に買いました」

「お墓参り？」

携帯を取りだし一件のニュース記事を見せてくれる。節分の頃、東京の西のほうの郊外にあるマンモス団地で、推定八十代の女が凍死体で発見された事件を報じるもので私の記憶にはなかった。茶色いダウンコートに紫のセーターとチョッキ、ニット帽、ズボンと靴は黒。持ちものは藍染のポシェットひとつ。財布から、数十円の小銭と三日まえのコンビニのレシートが出てきた。鮭おにぎりとバナナ。それが最後の食事だったのかは、不明。

関連記事をひらくと、似顔絵も出てきた。フキさんと似ている気もしたし似ていないようでもあり、身を乗りだした。私は、ときどき、彼女の消息が引っかかっていた。お金は貰えたのかどうか。家へは戻らないまま、野垂れ死にしたのでは。名前で再検索しようとしてはやる気が失せて止めていた。林さんは画面を閉じ溜息をつく。

「ぼく、このおばあさんが生きていたとき、たぶん最後に見かけた者なんです」

最後、ですか、と訊き返した。団地内の東屋の写真も見せてくれた。丸太のベンチにひと枝の白い梅が捧げられている。右手にあるアパートのうえのほうの階を指さした。

「ぼく、ここに住んでるもので。……九時くらい、だったかな。ベランダで煙草をすってるときに、歩いてきて、座る影を見たんです。雪がちらつきだしてて、凍えるのに。でも、もっと奥の棟に住んでる人で、買物帰りにひと休みしたくなったのかな、って思って。親は、温泉旅行で留守にしてて。ぼくは、パソコンのトラブルを回復するのに集中してたから、放っておいた。くだらない……、次の日に起きたら大さわぎになってた」

団地の住民は、年々、外国から働きに来た人たちとその家族が増えている、と聞いた。あとは高齢化が進み、毎週、どこかで通夜がおこなわれる。死後かなり経って発見される人も珍しくない。

「年末から、立てつづけにお年寄りが……、独り身の方も、相次いで肺炎で、という夫婦もいました。凍死した方は、死んだのを知らないで友だちを訪ねてきたのかもしれないな、って思います。お金の無心とか」

「凍死って……、ふわーっと、夢見るように死んじゃうとか、読んだんですけど」

「それは、経験したことないから、わからないけど」

フキさんは岩手へ帰り羽毛布団を買い、きのこ採り名人の茂助さんは、いまごろは、摘みたての山菜を彼女のもとへ運んでいるだろうと私は自分に言い聞かせる。ふたりとも、熊に遭遇せず健在なら。

「……おれ、どうして、あの夜、雪がまだ積もらないうちに外へ降りて、おばあさんに、だれかお探しですか、ってひとこと尋ねなかったのかなって。ずっと、悔やんでます。毎晩、タイムマシーンでさかのぼって話しかける夢を見るくらいに。団地のだれか他の人がお節介を焼くだろうって、無意識で期待してたんですよね。その証拠に、そのあとはベランダに出なかった。まだいるのを知るのが怖くて」

「でも、見かけたのになんとも感じてない人も、いるんじゃないでしょうか」

「そうかもしれませんね。良心が麻痺したふりをして、自分を守ったり」

同じ思いでいる人は他にもいます、と林さんはつづけた。

「凍死するまえの週に、他の駅のスーパーの休憩所で寝てる写真を撮った女の子と知りあったんです。専門学校で写真を学んでて、街のなかの孤独を切り取る、って課題を与えられて撮ったうちの一枚に入ってたって。あとで送ってくれた」

もういちど、差しだされた携帯に見入った。万が一、フキさんだったらどうしようとテーブルの下で膝がふるえる。手のひらに収まる液晶には、うしろにお手洗いがみえている長椅子に、袖口や裾から羽毛のはみ出たコート姿で寝そべり、膝を折り曲げ背もたれに向って眼を瞑っている、もっと顎の張ったおばあさんが写っていた。ブーツは床にぬいであり、アーガイル柄の靴下は擦り切れ、皮のむけた薄桃のかかとが透けている。

いくら見つめなおしても、別人だった。

「服装、さっきの記事と同じですね。ポシェットも」

「撮った子は、こっそり撮って、起きるのは待たないで話しかけなかったのを悔やんでました」

ジョニの曲が流れだした。ギターを爪弾き、夕闇に溶けだしそうな声が階段を駆けあがるように響いてせつなさを訴える。アル中で麻薬中毒の男がいて、いまの彼女が別れようとしていたら、元の彼女が言いに来るんだよ。彼のところに行って、できるならいっしょにいなさい。でも、傷つく覚悟をしていたほうがいい。魅力のある男なんだよね。

自分に都合よく曲げていそうな眞治さんの解釈はおぼえているものの、曲名を思い出せなくてスピーカーへ耳を澄ませた。カナダ、カナダ、となつかしげにくり返すけれど、郷愁の歌ではない。勘づかれた。

「ここでかかるような音楽、好きな感じですか」

控えめにそう訊かれただけで、私は、さっき見せてもらった写真を撮ったという専門学校生はどんな子なんだろうと想像を巡らせ、写真好きの我妻さんに似ていそうな気がした。林さんは、すでに彼女へ引き寄せられているのではないか。あ、いえ、わからないけど、と答えた。

「そっか。あの、花、よかったら貰ってくれませんか。自分の家の近所で買います。持ち歩くの、照れるし」

「いいですよ。霧の……、今日は予定が入ってるけど、気が向いたら再チャレンジするかも」

「あと、これはぼくのブログ。見た映画について片っ端から記録してて、よかったら」

URLを書いたメモを渡してくる。支払いは個別にして外へ出て、別れた。窓の向うの空が薄水からはちみつ色へ変わってゆく電車に揺られ、いまさら、うん、好きな感じ、なぜすんなり答えられなかったのだろうと不思議になった。

握りしめたフリージアを揺らし、江戸川にさしかかった。水面は夕焼け空を映しなめらかに薄赤く染まっている。そう返してみたところで、もっとこのさき関係を深められたらと望んだってすりぬけられ、相手にされるわけはない。

もしも、うっかり上手くゆきそうになったとして、私はいざとなったら、手をつなぐのもむずがゆく感じるのではないか。喫茶店やファミレスで仲良く語りあい、しだいに触れあいへ発展してゆく妄想は心地よく、いくら却下してもくり返しふくらみあがって、ひさしぶりに、脳のしびれる感覚を味わった。

林さんのブログを読むと、映画の感想より、おばあさんが凍死した東屋を訪れる人たちとのやりとりが興味深かった。同じ団地内に住むお年寄りが多い。ときには家によばれあがりこんでは、お茶をのみ、手料理をごちそうになったり蛍光灯の取り換えを頼まれたりしている。盛岡出身の未亡人にはうこぎのほろほろをおみやげに分けてもらい、教わった作り方も紹介していた。

〈春さき、うこぎ、という木のあおあおとした新芽だけ摘んで固めに茹で、こまかく刻みます。胡桃や、味噌漬け大根のみじん切りを混ぜあわせ、温かいごはんのおともにします。胡桃の代りに、炒った白胡麻や赤なんばん、味噌漬け大根ではなく焼き味噌を混ぜることもあります。家によって好みの味を守っているそうです。

昔、南部藩の武士が食べようとしたら、箸からほろほろ零れ落ちたことから、この名がついたとか〉

六月の試験のあと、帰ろうとすると林さんに話しかけられた。

「渋谷でアニエス・ヴァルダの特集をやってるの、知ってますか。よかったらいっしょに」

「うち、親戚が亡くなって。今日はこれからお葬式なんです」

「じゃあ、新宿駅まで。よかったら」

電器店のテーマソングや呼びこみの声が押し寄せる雑踏を、だれにもぶつからないよう注意し歩いた。さっき解いた問題について話しあうばかりで、ブログを読みましたよ、とは切りだせなかった。

じつは、私も、うこぎのほろほろは、以前にお世話になった岩手の方の家で食べたことがあります。しょっぱくて苦みもあって、胡桃が舌にざらついて、美味しいのかは判断を超えていた。でも、向うは、これを食べなきゃ春の感じがしない、と生き生き言っていて、孝行、孝行、と思ってつきあって平らげました。

バングラデシュの魚カレー、トルコの、焼茄子とヨーグルトのペースト。朝鮮由来の水キムチ、神戸で震災を体験した方が常備しているいかなごの釘煮も美味しそうでしたね。身近に案外いろんな人が住んでいるって、話しかけてみないとわからないものですね。

頭のなかでは、訊いてみたいことが渦を巻いていた。口を突いてあふれそうになるたび、内側から押さえつけられ鍵がかかる。

「みんな、合格してるといいですね。じゃ、ぼくは山手線に」

「私は総武線に乗ります。……行きたかったけど。ヴァルダは『冬の旅』しか見たことないから」

最寄り駅で降りると眼のまえにぷつぷつの浮いたうす黄いろいものが水溜りを作り臭い、行き交う人たちは器用によけていた。昼間から珍しい。私も見なかったふりをして背を向け歩きだした。頭のうえで鳩が羽ばたき、こんどは糞が落ちてきそうでホームの真ん中寄りへ身を引いた。

お葬式について、林さんには、つきあいを遠ざけるために嘘をついたふうにかんちがいされそうな気もして、居たたまれなかった。タイミングがわるい。杖がコンクリートを叩く甲高い音を聴き取ってふり返った。さっき、私が揺られていた電車は風を切り走りだし、うしろのほうの車両にいたらしいペパーミントグリーンの半袖にサングラスをかけたロングヘアの女が、杖のさきを軽くふり回し、嘔吐物へ向い突き進んでゆく姿に気づく。

間近まで来たら、人並み以上に鋭そうに思える嗅覚と杖の濡れる感触で察してよけるはずだ。いつもなら、放っておいた。悔やみたくなかった。駆けだして背後へ回りこんでなま白い肘に触れた。突然のことですりぬけようと抗う。あと半歩の位置まで嘔吐物は迫り、私は女のもう片腕にも自分の腕を絡ませ耳もとで叫んだ。

「げ、ろ、です。げ、ろ、があります。まっすぐゆくと、踏んじゃいますよ」

え、と引っくり返りそうな声が漏れ、ストラップシューズを履いた足を止める。げ、ろ、ですか、訝《いぶか》られながら、私は女を抱えるかたちで後じさり言いなおした。

「はい、酔っ払いの吐いた、汚いやつです。あなた、可愛い靴が、げ、ろ、まみれになるところだったんですよ」

「あ、あ、あああ。……それは、まったく気づきませんでした」

返事はおどろきと笑いに満ちていた。意味が通じた。

「新品の靴、悲惨な眼に遭うかもしれなかったわけですね。助かりました」

「いえ、止めるために、摑んじゃってごめんなさい。怪しかったですよね。これから、どちらへ行きますか。北口、南口?」

「ひとりで大丈夫ですよ。ありがとうございました」

階段を降りて改札まで誘導してもよかった。これ以上、世話されるのはうっとうしいのかもしれない。じゃあ、ここで、と会釈し手をふってから、こうした仕草は向うにはわからないのだ、と気づいた。ホームの反対側に上りの電車がすべりこんできて、停まる。私はそちらへ歩きかけ、またふり返った。

女は周りの人たちによけられながら、階段の向うへ吸いこまれてゆくところだ。杖の音を響かせ、手入れされた黒髪が遠ざかる。私は真上に佇み、だれにもぶつかったり転んだりすることなく改札まで辿りつけるか、見送った。携帯をいじり近づいてきた男と衝突しそうになる寸前で向うが身を引き、通りぬけられた。角張った動作で横を向いて北口から出てゆく。

ほっとして、私も階段を降り外へ出た。触れあった手や、数秒間、背中のくっついたおなかにまだ微かにぬくもりがのこっていて、いやではなかった。可笑しくてたまらなさそうに笑っていた。家へ走った。

お葬式の帰り、バスでソヨミさん宅のそばへ来た。両親と別れようすを見に降りた。近くの新築の家から洩れる、トレモロを奏でるギターに引き寄せられ立ちどまった。

通りの向うから、車椅子が来るのに気づいた。銀髪は短めに切られていたけれど、ひとまわりほそまった顔のなかで紅く塗ったくちびるが浮びあがって見憶えのあるあやめ柄のワンピースを着ており、ひとめであの人だとわかった。金茶に染めた髪を引っ詰めた女と、その娘らしい、赤いTシャツに紺のハーフパンツを穿いた子に付き添われ、ふたりは陽気に笑っている。家のまえに着くと、ソヨミさんも親子を見あげた。玄関へ入っていった。

いまだに、この辺りで摘んだ花を岩手のものだと信じ、干からびきったのを飾ったままなのだろうか。どうせ同じ花だ。私ともうひとりしか知らない嘘。遠くで雷が響き、ぬるい雫が髪に落ちた。傘をさしつんのめって歩きだした。

八月に入ると夏休みがあり、お盆明けの昼すぎ、私は映画を見に出かけた。品川で京急線に乗り換え、ひろびろと流れる多摩川を渡って神奈川県へ入り目的の駅に着いた。陽炎《かげろう》の揺らめくアスファルトへさしかかり名前を呼ばれた。

「あれ、……梛木、さん。どうして、ここに」

ふり返ったら林さんがいた。アロハシャツに半ズボンを合わせ、ビーチサンダルを突っかけている。私は、こんにちは、と眩しげにまばたきし、背中から汗が噴きだしちいさな滝を作り流れTシャツを貼りつかせるのを感じる。

「ビクトル・エリセの回顧上映、ですか？」

だまって、頷いた。彼とは、いまは、友だちになりたいのだ。月で昼寝から醒めて我妻さんと初めて会ったとき、ずっと会いたかった人が空から舞い降りたみたいに感じたように。

「昨日『ミツバチのささやき』、今日は『エル・スール』ですよね。思い出のある映画だけど、スクリーンじゃ見たことなくて、千葉から来ました。遠かったけど」

「それは、是非。テレビ画面で見るのとは、色彩の深みがまったくちがいますよ。青も、赤も」

「あの、さいしょに就職したのは、建設会社って聞きましたけど」

志望したところは全敗で、おじのコネでね、と自嘲する。

「大学では映画史を学んでいたんでしょう。ほんとうは映画ライターになりたかったけど、自分は、模倣レベルの文章しか書けないからあきらめたとか」

え、なんで知ってるの、と訊き返され、うす気味わるく思われるのを覚悟し、ブログを初めから読みました、と白状する。勇気を奮い、眼を窺った。みずから吊るしあげられる気分だった。人なつっこく笑い、そりゃありがとう、と頭まで下げてくる。

「私は、林さんの行っていた大学へ行きたかったです」

「留年までして、親に迷惑かけて」

「エリセがテーマの卒論って、どんなふうに書いたんですか」

「フランコの独裁政権はわかる？　村はずれに棲みついた逃亡兵を女の子が助けたり、スペイン内乱が作品に落としてる影について、とか」

青になった信号を渡り、油蟬がありったけのしゃがれ声で喚《わめ》きだした並木道へ入ると映画館の看板が見えてくる。エリセにかんする会話が途切れてうつむき、撃ち殺した真治さんを棺に閉じこめ、船の甲板からすべらせ海の底へ沈めるイメージをくり返し思い描いた。もう私を押さえつけないように。私は教わったものは好きでいつづける。これは自分の意志だ。

　帰り道は品川まで林さんといっしょだった。夜は大学時代の友人と会うと言っていて誘われたけれど、私は夕飯の支度があった。ひとりで電車を乗り換え、だれかの話し声を聞き取った。

「夏はバイトのシフトのせいで、青森、帰れないじゃない？　ねぶたを見られないのがさびしくて、お母さんに携帯で音とかけ声を聴かせてもらったら、涙がでちゃった。らっせーらー、らっせーらっせ、って」

　青森。猫っぽい話しかたも我妻さんと重なり、吊革を握りしめ観察した。

　真暗いトンネルの壁が向うにみえているドアのまえに、肩まである髪にウェーブをかけ、ベージュのカットソーに白いフレアースカートを合わせた大学生らしい女の子がいた。化粧は入念に薄めにしていて、口紅もベージュ系で淑《しと》やかそうな雰囲気を醸している。うちのほうは、名物のお祭りないから、いいなあ。シャネルのロゴ入りTシャツを着た子と地元の話をしている。

　別人にみえた。化粧法も服の好みも逆方向へ変えたのかもしれず何度か窺った。我妻さんだと確信を得るまえに降りていった。

私は、入れちがいでドアの脇に立った。灰色の濃淡の雲のたなびく、煮詰められたような薔薇色と水色に染まった空を見あげると、星が瞬きだし、漆黒へ変わってゆく江戸川に車のライトが映って滲む。さっきの青森の子は、脳裏にこびりついた我妻さんの残像がぬけだしてつきまとってきたみたいに感じた。印象が儚くなるまで放っておくしかない。ときには、残像と会話を交わす。やりなおせるきっかけはなかったのだろうかと。未来にはあるのかと。たしかめるすべはないけれど、向うにとっても私はそういう存在なのかもしれない。

*

あれから、十何年か経ち、新しい災いはいたるところで休みなく起きつづけているけれど、私は、林さんとはよい友だちでありつづけている。いちど、酔ったせいもあって向うはこちらのくちびるに迫ってきた。私は、いざとなるとぞっとして押し返した。

こういう性質に名前はあるのか、過去の怯えが消えないせいか、両方か、わからないけれど、三十をすぎても、恋愛は頭のなかだけで味わうほうがとろける。林さんは、無理にのしかかりはしなかった。すぐに自分の無作法を詫び、こちらも受け止めて、互いに気まずくなり避けあう事態には陥らなかった。やはり、おかしな人。ふたりは、似た者同士なのかもしれない。

現在、父親と暮す彼のいる団地へ遊びに出かけては、付近の住民たちの集まる、それぞれの得意料理を持ち寄る宴会へ加わる。

東日本大震災が起きてまもない頃には、うこぎのほろほろもひっつみも名人だったキクさんから、彼女の育った町もむかし、天災があって飢饉が迫ると東京から人買いがやって来た話を聞いた。津波に呑まれたあとの廃墟は、無差別爆撃の跡と重なる。体育館に寝泊りする人たちのようすをニュースで見ながら、いまでも、同じことはあるのかねぇ、と案じていた。その夏に老衰で亡くなった。

「じゃあ、おれは仕事だから」

秋のさなか、総合病院の受付で働く林さんは急遽決まった夜勤のために、ずっと愛用しているカーキのジャンパーを着て出てゆく。たまに団地の人に、結婚しないの、とからかわれる。私の職場は家の近くの産婦人科医院で、引越して通勤が大変になるのは避けたいし、相変わらず過労の母と鬱の父も放っておけないから、うーん、それはちょっと、などと笑って受け流す。

私は、のこった人たちと片づけを終えると、林さんのお父さんと外へ出る。首すじに当る風は早くも冬のにおいを含んでいて、だれもいない東屋に透きとおった月の光が降り注いでいる。春さきに心臓の手術をしたお父さんは、ゆっくり歩き、門の近くまで私を送ってくれる。街灯に照らされ、手をふりあい会釈し、三人で暮すのもありだろうかとよぎる。この点について、彼もまた、なにも私に言いはしない。

フキさんも、施設へ移った、と母に聞いたのを最後に情報の届かなくなったソヨミさんも、いま、生きていたら百をとうに越えている。雇われていた頃にごちそうになった、ごはんの進む野菜のおかずや、ふうわり甘い雪卵、淹れてくれたこくのあるお茶の味。十月で冬のさむさだったアパートで聞いたモモちゃんやこごえる水の話は、私の体の奥深くに沁みこんだままだ。岩手へは、昨年、沿岸の海の幸を楽しむ旅をしに行った。

ブルームーンで起きたことのすべては、またちがう。いったい、爪を剥がす痛みをおぼえないで思い返せるようになる日は来るのだろうか。いまだに、そう瞬間空想するだけで疼いて、無理、としか考えられないのに自分でおどろく。なにもないことに失望しながら、私は、じゅうぶん、支配されていた。

完全にぬけだせたのなら、きっと、あの傷ついた記憶の詰まった古都へも旅できるときが来るだろう。もう一生、足を運ぶことはないのだとしても、地球儀を回してみれば、いつか、他に行ってみたい街はいくらでもあって、べつに、気にならない。

参考文献

山下文男『昭和東北大凶作　娘身売りと欠食児童』（無明舎出版、二〇〇一年）
松本源藏『わたしの盛岡　もりおか暮らし物語読本』（もりおか暮らし物語読本刊行委員会、二〇一七年）
「日本の食生活全集　岩手」編集委員会編集『日本の食生活全集3　聞き書　岩手の食事』（農山漁村文化協会、一九八四年）
岩手菌類研究同好会『新岩手きのこ百科』（岩手日報社、二〇一五年）
石井好子『石井好子のヨーロッパ家庭料理』（新装版、河出書房新社、二〇二一年）

初出　「群像」2023年1月号

装幀　六月
装画　伊庭靖子「untitled」2003年

木村紅美（きむら・くみ）
1976年生まれ。2006年、「風化する女」で第102回文學界新人賞を受賞しデビュー。2022年、『あなたに安全な人』で第32回Bunkamuraドゥマゴ文学賞受賞。他の著書に、『月食の日』『夜の隅のアトリエ』『まっぷたつの先生』『雪子さんの足音』などがある。

夜《よる》のだれかの岸辺《きしべ》

二〇二三年 三 月二四日　第一刷発行

著者――木村紅美《きむらくみ》

発行者――鈴木章一

発行所――株式会社講談社
東京都文京区音羽二―一二―二一
郵便番号　一一二―八〇〇一
電話　出版　〇三―五三九五―三五〇四
　　　販売　〇三―五三九五―五八一七
　　　業務　〇三―五三九五―三六一五

印刷所――凸版印刷株式会社

製本所――株式会社若林製本工場

ISBN978-4-06-531146-2

KODANSHA